LE MONDE QUE L'ON PORTE

DE LA MÊME AUTRICE

Une vie à t'attendre, Charleston, 2016.
Le Choix d'une vie, Charleston, 2017.
L'Envol, Charleston, 2019.
Mademoiselle Papillon, Robert Laffont, 2020 ; Pocket, 2021.
Archie, Robert Laffont, 2021 ; Pocket, 2022.

ALIA CARDYN

LE MONDE QUE L'ON PORTE

roman

Robert Laffont

ISBN : 978-2-221-26283-2
Dépôt légal : mars 2023
Éditions Robert Laffont – 92, avenue de France, 75013 Paris

Aux enseignants,
À ceux qui voient partout l'envie d'apprendre,
À ceux qui pensent que la beauté
peut se trouver en chacun,
À ceux qui aimeraient prendre
le temps d'admirer les miracles du quotidien,
À ceux qui ont compris que leur passage
dans la vie d'un enfant peut le réparer,
l'émerveiller et parfois le sauver,
Et surtout, à ceux qui essaient,
le plus souvent possible,

Ma gratitude à ces bâtisseurs d'un monde meilleur
parce que rien n'est plus puissant
qu'une génération de gens heureux.

1

On devrait toujours être légèrement improbable.

Oscar Wilde, *Aphorismes*

Ce matin, mon corps me pèse. Je voudrais me tenir debout mais il me force à m'asseoir. Habituellement, l'énergie parcourt mes veines et me permet de me dresser telle une flèche. Aujourd'hui, rien de tout cela. Je fais acte de présence.

Devant moi, des rangées de bureaux alignés au centimètre près. Petites formes assises, dociles, dos droit, regard braqué sur moi : Madame Ella.

Je suis debout, ils sont assis. Ensemble, nous composons ce tableau typique de la maîtresse face à sa classe. Ils sont vingt-cinq, âgés de sept ou de huit ans. C'est le premier jour d'école. Leurs visages bronzés sont sérieux. L'année passée, ils ont appris à s'asseoir, à rester immobiles, silencieux, un temps pour le travail, un autre pour les questions. Ils ont aussi appris à lire et à écrire.

J'ai la tête qui tourne à nouveau, je m'appuie d'une main sur le dossier de ma chaise et deviens cette tangente dans une classe verticale. Je tente de me concentrer sur un élément fixe à l'horizon. Je veux me distraire de ce cœur qui bat à un rythme différent, de l'afflux sanguin, masse chaude qui enveloppe maintenant ma poitrine et fait pétiller mes joues. Un instant, je souris de moi, autorité sur le point de vaciller.

La pièce est large et profonde. Elle a été peinte d'un blanc grisâtre, une couleur qui ne se salit pas facilement. Un choix qui accueille les petites mains et la trace que laissent leurs doigts. Au-dessus du tableau derrière moi, des mots en écriture cursive, les voyelles en couleurs, les consonnes en gris, s'épanouissent en guirlandes ployant sous leur poids. Les murs transpirent ces connaissances de base, les imposent à qui voudrait glisser dans la rêverie. Sur celui face aux grandes fenêtres, des tables de multiplication à l'encre décolorée donnent une indication précise de la course du soleil dans notre classe. Dans le fond, sont accrochées quelques règles de grammaire. Je m'interroge sur leur utilité puisqu'ici il est interdit de se retourner.

Je passe d'un pied sur l'autre, nerveuse, et appelle sans le vouloir le chant du parquet. Il grince, il bouge, il est souvent le seul murmure au milieu de nos présences tranquilles. Le premier lundi du mois, il est ciré tôt le matin. Il dégage alors un parfum d'antan qui s'estompe au fil des semaines, sous le bruit de nos souliers. Les bancs en chêne sont là depuis toujours. Lentement, leur couleur a viré comme si elle voulait se confondre avec celle des lattes au sol. Une forme de mariage étrange, sous l'impulsion des années. Tout ce bois ancien nous donnerait l'impression d'être à une autre époque, s'il n'y avait pas cette profusion de marqueurs fluorescents dispersés en autant de rappels criants que nous sommes bien aujourd'hui.

On m'avait prévenue. *Tu verras, c'est le plus bel âge. Les sept-huit. L'âge doré. Ils s'émerveillent de tout, ils sont autonomes sans être rebelles.* J'avance avec cette tranche de vie depuis six années déjà. Je connais leurs faiblesses, leurs forces, leurs rêves, ce qui les motive, ce qui les ennuie (*à mourir*, précisent-ils en appuyant leur tête sur une main). À force de la répéter, je connais la matière par cœur. Je tire les fils pour faire émerger les savoirs, j'observe les déclics, je m'inquiète lorsqu'ils ne se produisent pas. Je m'émerveille aussi mais plus rarement.

Le programme scolaire est clair, précis, imperturbable. Il se découpe en objectifs, atteignables en dix mois de cours. Par tous. Enfin par tous ceux qui réussiront. On parle des autres comme de ceux qui ont besoin d'approfondir encore la matière. Une façon créative de parler d'échec, de nuancer le manque, de voiler la différence. J'observe leurs visages et je ne peux m'empêcher d'y voir des opportunités encore muettes. Il semble y avoir plus que ce que le programme ambitionne de révéler, plus que le nombre de ces compétences à acquérir. Parfois, j'aimerais qu'il y ait plus.

Souvent, les années se confondent parce qu'elles se ressemblent trop. Alors, je me penche sur mon cahier pour vérifier où nous en sommes dans cette trajectoire que je maîtrise maintenant. Nous sommes au début, à mi-chemin, nous touchons la fin et je m'apprête à les quitter. Ce processus m'évoque le téléchargement d'un fichier sur ordinateur. Je regarde mes têtes blondes et j'aperçois, calquée sur notre réalité, la barre qui indique le pourcentage de connaissance absorbée et de celle qui doit encore l'être. Quelque chose de mécanique en somme. Un manque certain de poésie.

Ma vue se brouille légèrement, je passe une main sur ma joue dans l'espoir d'y gommer les picotements. Il faut effacer les signes. Comme si cela pouvait éluder la suite.

Mes élèves attendent. Avant d'être enseignante, j'ignorais qu'un enfant était capable de patience. J'avais cette vision d'enfants pieds nus qui galopent dans l'herbe, crient, dansent, autant d'images qui bâtissent une vocation. Maintenant, je fais face à ceux qui ont été éduqués par Madame Joséphine, ma collègue de trente ans mon aînée.

Moi, j'ai vingt-huit ans. J'ignore si cela aide. D'être jeune, d'effleurer encore l'adolescence, cette phase où tant de choses se décident, terreau pour l'avenir et qui serait adapté à toutes les plantes.

Mes jambes tressaillent. Je saisis la pile de feuilles sur mon bureau et la partage en deux tas que je tends aux élèves les plus proches.

– Distribuez-les, dis-je en m'asseyant sur ma chaise. Voici des exercices...

Je n'ai pas le courage d'achever ma phrase. La chaleur dans ma poitrine revient, la colère aussi. Je refuse les prochaines minutes. Pas maintenant, pas devant cette classe que je connais à peine. Pas encore une fois. Je veux revenir à ce temps où ma poitrine ne prenait pas feu, où la chute n'advenait jamais.

Je parcours les rangées des yeux. Ils sont penchés sur leur travail, ils se concentrent et inscrivent consciencieusement ce je-ne-sais-quoi que j'espère proche de la réponse exacte.

Dans quelques secondes, ils lèveront la tête, surpris par le bruit sourd d'un corps qui renonce. Les plus téméraires se lèveront. Il y aura sans doute des *Madame* auxquels je répondrai par un silence contraint. Dans une ronde étrange, les petits pieds se disposeront tout autour de moi, allongée à même le sol.

Couchée sous leurs chuchotements, je ne pourrai pas réagir à leurs questions ni donner la permission de sortir de la classe pour aller chercher de l'aide. Une situation singulière presque drôle. Je m'apprête à renverser l'ordre de notre monde et le pouvoir que je détiens m'échappera des mains comme une fiole qui roule par terre. Je me demande lequel de mes élèves dociles s'en saisira pour décider à ma place. Ils débattront, ils lanceront des regards inquiets vers la porte, peut-être que certains s'agenouilleront, me toucheront le visage, presseront mon poignet dans l'espoir d'une réaction. Mais il n'y aura rien. Je ne serai plus qu'une forme molle abandonnée au bois lisse et parfumé. Et lentement, au contact du sol, je me refroidirai.

J'espère tomber dignement. Depuis quelque temps, je ne mets plus que des pantalons. La chute importe moins alors, la position des jambes ne révèle plus la couleur du coton que je porte.

Une nouvelle peur monte. Celle de la brutalité du choc. Mon crâne va heurter le sol et une douleur diffuse irradie déjà mes tempes alors que je suis encore bien assise. Je voudrais m'allonger tout de suite par terre et attendre. M'épargner cette violence, l'échanger contre une autre, celle de me coucher volontairement devant mes nouveaux élèves et perdre définitivement leur respect.

Je veux ouvrir la bouche, prononcer un mot, un dernier avant que la paroi fine de mes paupières ne sépare nos deux mondes. Mais les mots sont partis. Je songe à la tonalité de ma voix, à la façon dont elle voyage dans cette classe sans rideau, au son qui se maintient plus longtemps que nécessaire. J'ouvre les lèvres pour essayer encore. Je regarde le parquet et ma vue est troublée par quelques larmes.

Les paroles du directeur me reviennent comme une claque, son injonction à régler mes soucis de santé, mon silence, mon combat déjà perdu car qui peut refuser à une classe l'adulte debout dont elle a besoin ? Qui peut contrer les évidences ?

Je voudrais lutter mais rien n'est entre mes mains. Je lève la tête, je m'efforce de rester droite le plus longtemps possible. La chaleur est partout maintenant, mon souffle est court. Sur mon bureau, mes mains bien à plat tremblent. Tout bas, je répète mon prénom, tel un mantra pour tenir. *Ella. Ella. Ella.*

Soudain, une force me pousse vers la gauche, plie mon corps et le contraint à se couler le long de la chaise. Je glisse, je ne cherche pas à me rattraper. Je ferme les yeux. Je ne veux pas voir leurs visages.

2

Travail de fin d'études – Rose Dallois

Ce matin, je m'attable pour commencer ce travail de fin d'études. Je m'assieds le dos bien droit et je fixe l'écran de mon ordinateur. En arrière-plan, mon jardin se déploie, étendue verte parsemée de feuilles orange. Je tente de rester concentrée mais sur la gauche, à la lisière de la page blanche, un pic-vert vient picorer. Il s'active, mû par une énergie qui me manque. Avec l'effet d'optique, il semble s'attaquer frénétiquement à mon document.

J'allume une bougie au parfum de cannelle et me verse un verre d'eau que je bois d'une traite. Je me demande si cette séquence de gestes pourrait constituer un rituel magique censé m'attirer les mots pour raconter. Devant moi, le blanc domine. Je consulte l'heure. Vingt minutes se sont déjà écoulées. Je replie mes jambes en tailleur et lisse le tissu de ma jupe. Au lever, j'ai choisi une tenue comme on se pare d'un talisman. Pour écrire ce travail que je redoute, j'avais besoin d'aide. La jupe fuchsia brodée de lignes bordeaux de ma grand-mère, le chandail épais et doux de ma tante, un collier ancien serti d'une pierre rose aux vertus créatives. Un instant, je me suis observée dans le miroir et le reflet m'a fait sourire. Il me résumait bien. Une femme portée par d'autres mais perdue.

Mon sourire s'est effacé et je me suis sentie petite. Face à ce projet. Face aux choix qu'une existence exige. Ils semblent évidents pour les autres. Pour moi, c'est différent.

J'ai attrapé la brosse et l'ai passée dans mes cheveux une vingtaine de fois. Je me suis concentrée sur ces injonctions faciles qui constellent un quotidien. Préserver la brillance d'une chevelure, se maquiller un peu mais pas trop, prendre un petit déjeuner équilibré, se lever et faire. Toutes ces choses simples qui ne me forcent pas à trancher. Moi qui peine à savoir pourquoi je suis ici.

Je suis le produit d'une famille de femmes. Les hommes sont secondaires. Chez nous, ce sont elles qui règnent. Elles sont nombreuses, soudées. Je dirais même qu'elles sont puissantes. J'ignore si cela tient à une aura mystérieuse, à la légende de notre famille ou à toutes les traditions qui en ont résulté. D'aussi loin que je me souvienne, j'ai toujours été composée d'un peu de moi, d'un peu de chacune d'elles, un tout indissociable. Une façon étrange d'avancer que cette impression constante d'évoluer en meute. De ne jamais être seule. De ne pas savoir vraiment qui je suis, tellement je suis une Rosa.

C'est notre nom. Les Rosas, une Rosa. Un nom propre qui devient commun puisqu'il s'accorde. Une nature que l'on revêt en grandissant dans cette famille. Une voix, une ambition, un sens de la fête, un héritage reçu au berceau. Nous portons aussi un trait distinctif, telle une marque qui nous rappellerait qui nous sommes et la famille à laquelle nous appartenons, s'il est toutefois possible de l'oublier. Nos auriculaires adoptent une courbe légère mais bien présente. Certains diraient qu'ils sont crochus. Quand je suis dans une file d'attente ou que j'assiste à un spectacle un peu long, je saisis l'extrémité de ce doigt et la tends fermement. Comme si les temps morts pouvaient opérer une déviation, contraindre cette mutation qui fait de moi un membre de ce clan. Lorsque je relâche ma prise, le doigt retrouve son arrondi. Quelque chose dont je ne peux me dégager. La forme de mes mains, ma place dans cette lignée féminine.

Pour le reste, nos physiques ne se ressemblent que par sous-groupes, cellule familiale, quelque chose de classique en somme. Comme ma mère et ma sœur, j'ai les yeux clairs, les cheveux fins mais nombreux, de ce châtain qui varie au gré des saisons, sombre en hiver, tirant progressivement vers le blond au fil de l'été. Je les attache le plus souvent. Je n'aime pas la forme qu'ils prennent quand ils sont livrés à eux-mêmes. Je n'aime pas non plus les replacer derrière mes oreilles. Je suis avare de mes gestes. J'aspire à être efficace. Même si je ne le suis pas. Parce qu'une personne productive aurait déjà bâti la trame de ce travail de fin d'études, élaboré une argumentation en différents points, une progression subtile, où chaque raison serait plus intense que la précédente. Un hymne à l'exercice de mon futur métier.

Au lieu de cela, je glisse dans la rêverie.

Je me demande si je dois demeurer assise à mon bureau ou s'il vaut mieux me lever, ouvrir la porte vers le jardin, marcher pieds nus dans l'herbe fraîche, réveiller les fondements de mon être pour qu'ils s'expriment enfin. Les secondes se succèdent. Elles assistent impuissantes à mon immobilisme intérieur.

Dans ce travail, je dois démontrer ma motivation profonde, celle qui soutiendra la mission que je pourrai exercer après ce diplôme. Mais, en moi, les mots s'éteignent soudain. C'est le silence. Je le connais bien. Nous nous sommes fréquentés toute mon enfance. Il ne m'a pas lâchée, ni à l'adolescence ni à l'âge adulte. Autour de moi, les voix des Rosas se sont toujours élevées, fortes et à l'unisson. Moi, je restais avec mon silence. Mon ignorance. Cette incapacité à devenir. Alors que toutes se sont trouvées dans l'instant, entre les cuisses tavelées de sang de leur mère. Parce que naître d'une Rosa suffit à tracer un destin.

Mes pieds bien à plat sur le sol, mon buste légèrement incliné vers l'écran, tout mon être est décidé à attaquer cette ligne que je retiens. Mes mains suspendues au-dessus des touches attendent, impatientes.

Je devrais parler de moi. Pourtant, comme un refrain, ce sont les Rosas qui prennent toute la place. Un instant, je veux lutter. Commencer une phrase par « je ». Exister enfin en dehors de mon clan.

Mais à nouveau, les femmes de ma vie reviennent. Mes doigts parcourent le clavier. Prêts à raconter la légende dont je suis née.

3

Les maîtres d'école sont des jardiniers en intelligences humaines.

Victor Hugo, *Océan*

Je hais mon métier.

Lorsque j'ouvre les yeux sur le plafond de ma classe, j'aimerais pouvoir affirmer cela. Me lever, déclarer que je hais mon métier et marcher vers la porte sans plus me retourner. Je voudrais ne pas être émue par ces mains tièdes posées un peu partout sur mon corps. Je voudrais ne rien sentir. Ne pas avaler difficilement la salive logée dans ma gorge. Je voudrais être expéditive, légère, insouciante, oublieuse. Je fixe le plafond pour ne pas voir leurs visages. Sinon, je vais pleurer.

J'entends des chuchotements. Ils répètent que j'ai ouvert les yeux. Je les ferme pour ne pas devoir faire face. J'évalue mes options. Peut-être que si je me lève vite, l'incident sera clos ? Peut-être que mes vingt-cinq élèves ne raconteront à personne que leur maîtresse s'est étalée en plein cours ? Je pourrais prétendre qu'il s'agit là d'un exercice de premiers secours et qu'ils ont tous échoué ?

J'ouvre les yeux à nouveau, je redresse légèrement la tête et les petites mains se détachent de mon corps en un mouvement général de recul.

– Madame Ella n'est pas morte, lance un garçon.

– Je te l'avais dit, rétorque un autre.

Je suis incapable d'associer ces voix à un nom. Elles se ressemblent toutes. Mes élèves me sont encore inconnus.

Je m'appuie sur les coudes. Les enfants font un pas en arrière. La porte est toujours fermée.

– Tout le monde est dans la classe ? dis-je d'un ton volontairement désinvolte.

Les élèves encore soudés en une ronde échangent des regards perplexes. Ma question n'est pas claire.

– Quelqu'un est-il sorti de la classe ?

Ils secouent la tête vigoureusement, les bras ballants.

– Vous pouvez retourner à votre place, dis-je en me levant l'air de rien.

J'ignore combien de temps je suis restée allongée au sol. Je cherche une explication logique à leur servir, une histoire qui permettrait d'éluder l'épisode, de le réduire à quelques minutes banales, de celles qu'on ne raconte pas en fin de journée à ses parents.

– Vous pouvez poursuivre vos exercices.

Ils me regardent, surpris, puis se penchent à nouveau sur leur feuille. Je consulte ma montre. Mon absence n'a pas duré longtemps.

– J'avais... j'avais besoin de me reposer...

Mon intonation faiblit sur ce dernier mot. Ils acquiescent sans grande conviction et retournent à leur travail. Je m'assieds le dos bien droit comme si cette posture pouvait éloigner encore un peu plus l'épisode. J'arrange quelques éléments sur ma table pour me donner une contenance. J'essaie de reprendre le fil du programme. J'ouvre mon cahier pour le parcourir et le referme aussitôt en soupirant. Quelque chose en moi résiste. Une forme de lassitude, un manque d'envie, de la fatigue peut-être.

Je me lève. Je ne sais jamais, du repos ou du mouvement, ce qui peut me préserver d'une autre chute. J'arpente la classe à pas lents. Je me poste près de la fenêtre ouverte et m'y adosse. Dans la cour, un saule pleureur centenaire est brassé par le vent. Je me concentre sur la musique du feuillage pour ne pas songer aux heures à venir. Quelques feuilles se soulèvent au-dessus des dalles colorées par les marelles et tourbillonnent avant de se déposer plus loin. Ma classe est silencieuse, seules murmurent les mines sur le papier. L'illusion d'un paradis qui ne m'appartient plus. Je le touche encore du bout des doigts, jusqu'à la prochaine chute.

Je retourne à mes élèves et me penche sur leur travail. Je tente de m'y intéresser. La question revient.

Comment ne plus tomber ?

Je lis par-dessus leurs épaules leurs réponses mais ma vue se voile de nouveau. Je rejoins mon bureau, ouvre mon sac et y plonge la main pour prendre un mouchoir.

Dos aux enfants, j'efface les larmes avant qu'elles ne coulent. Je retiens, j'élimine, je gomme les signes que quelque chose ne fonctionne pas comme il faut. Que dans cette classe, je ne connais plus ma place. J'essaie de faire comme si. Je revêts ces habits de normalité qui n'ont jamais été à ma taille. Je dissimule ma naissance, ces murs blancs, l'histoire de celle qui m'a portée.

Je me cache et puis je chute, cycle mystérieux, séquence infernale contre laquelle il m'est impossible de lutter.

4

Travail de fin d'études – Rose Dallois

Je me suis réveillée en sursaut à six heures. Je naviguais dans un rêve étrange. Je tentais de retrouver le chemin vers ma maison mais la brume recouvrait tout. Une couche légère, vaporeuse, délicate, rien qui n'empêche d'identifier un lieu, une route. Mais la pellicule blanche troublait mes sens. J'étais distraite, dispersée. Un peu comme face à ce travail. Face à la page. Blanche, elle aussi.

J'avais égaré mes affaires, mon sac et mon manteau. Je les cherchais. Mon errance se prolongeait. Inefficace, agaçante. Puis, le brouillard s'est dissipé. C'est là que je l'ai aperçue. Une enfant perdue au milieu des champs. Elle me tournait le dos. Sa jupe bleue flottait au vent. Queue-de-cheval haute, ciré bleu marine, jambes fines et nues, jointes en une forme de garde-à-vous à la nature tout autour. Ce sont ses bottes jaunes à pois blancs qui m'ont intriguée d'abord. Une impression de déjà-vu. La petite devait avoir quatre, six ans. Je suis restée un instant plantée là, à l'observer. J'étais médusée par cette vision. Comme si ces bottes avaient la maîtrise de mes gestes, de mon cerveau. Mes pieds semblaient s'enfoncer dans la terre. Au début, je pouvais encore bouger la tête. Après, mon être s'est figé dans sa totalité. De mon crâne à mes voûtes plantaires, tout était en attente. Cette paralysie ne m'a pas effrayée. J'étais trop absorbée par la fillette devant moi. Sa part mystérieuse m'enveloppait, me contenait presque. Soudain, elle a levé les mains vers le ciel. Et, en une danse lente, soyeuse, émouvante, elle a tourné sur elle-même, avant de s'immobiliser face à moi.

En découvrant son visage, j'ai hurlé. Mais mon cri ne changeait rien au silence, à la brise dans les blés naissants, à l'enfant qui me toisait maintenant. J'ai hurlé encore. Dans son regard, un mélange de tristesse et de surprise. En moi, une angoisse profonde s'emparait de mon ventre et ne me lâchait plus. Alors que mon songe se dissipait en volutes colorées, le sentiment demeurait. Une peur intense devant cette enfant qui n'était pourtant que moi.

En m'asseyant à mon bureau pour poursuivre mon travail, je consulte mon plan. Trois lignes sur les points à mentionner. Tout ce que j'ai à ce stade. Je les relis deux fois, en quête d'inspiration. Je fixe l'écran, je cherche le pic-vert, je fuis déjà un peu. L'image de mes six ans revient. Les femmes de ma famille penseraient qu'il y a à creuser. Chez les Rosas, les rêves sont importants. Ils sont traités tel un langage de l'âme, quelque chose qui peine à s'exprimer autrement.

Je tente de me concentrer à nouveau. J'ai calculé qu'il fallait que j'écrive cent vingt minutes par jour pour terminer à temps. Souvent, j'ai l'impression que je n'en serai pas capable.

Aujourd'hui, pourtant, j'imagine les phrases se former seules, se déposer dans le cliquetis régulier de mon clavier. Comme toutes les légendes familiales, la nôtre revêt un habit différent selon qui la porte. La trame est partagée par les Rosas mais elle se dessine de multiples façons, avec emphase pour l'une, épurée pour l'autre, dramatique ou factuelle, lumineuse ou plus sombre, héritage des contours flous de la tradition orale.

J'ai condensé les récits des autres pour construire ma version, celle qui me paraît la plus authentique, quelques lignes pour retracer une souffrance, la douleur d'être incomprise à un moment important de sa vie. Dans cette histoire réside le premier souffle de notre alliance. Lorsque Rose, mon arrière-arrière-grand-mère, s'apprête à mettre au monde son premier enfant, tous ignorent que cette naissance donnera lieu à une autre, celle d'un réseau de femmes fortes, bâti en écho à une injustice profonde.

Rose l'Ancienne, comme l'appellent les membres de notre famille pour la distinguer de nous toutes, s'agite dans sa chambre, tourne autour de son lit, se plie dans les postures que la venue prochaine lui impose. Dans la pièce illuminée de bougies, elle est seule. Pourtant, je ne crois pas qu'elle ait peur. La crainte ne fait pas partie de son registre d'émotions. Elle accouche parce qu'il faut bien accoucher. Elle souffre parce que la vie est faite ainsi : naître, grandir, s'unir, enfanter, un cycle à l'image de la nature qui l'entoure. Elle ne réfléchit pas plus loin. Elle a glissé dans la torpeur sauvage qui précède une naissance.

Charles, le mari de Rose l'Ancienne, fait les cent pas dans le couloir. De temps à autre, il colle son oreille à la porte en bois, inquiet. Il est le dernier d'une fratrie. Il n'a jamais entendu une femme rugir comme sa Rose hurle maintenant. Il voudrait entrer dans la pièce, la soutenir mais elle le lui a interdit. Elle doit gérer sa propre souffrance et ne peut endosser celle de son mari qui, à chaque contraction, semble s'effondrer un peu plus. Rose l'Ancienne ne tolère que la présence de sa sœur aînée, qui a accouché sept enfants. Mais celle-ci tarde à arriver.

Rose mugit à nouveau et le gentil mari n'y tient plus, il entrouvre la porte et l'aperçoit à moitié avachie sur le lit, en proie à la douleur. Il reste plusieurs secondes pétrifié par le râle et la vision de son épouse réduite à l'état de bête. Il a un mouvement de recul, bouche ouverte, yeux écarquillés. Il doit faire quelque chose, il ne veut pas les voir mourir, elle et leur bébé. Contre la volonté de celle qu'il aime, il court chercher de l'aide.

Rose l'Ancienne est bien trop pudique et fière pour partager le déroulé des faits après l'arrivée du médecin. Ces minutes ont donc été livrées à notre créativité. On imagine la bulle de la parturiente rompue par l'intrusion, la violence d'une présence qui s'impose parce qu'elle sait mieux, la blessure de ne pas être écoutée, entendue, l'humiliation lorsque tout se décide hors de soi.

Sans doute, Rose l'Ancienne se défend-elle quand le docteur lui intime de s'allonger sur le dos pour l'examiner. Mais qui écoute une femme en colère ?

Sans doute les mains de l'homme à l'endroit même où se concentre toute la force de la future mère la brûlent. Parce qu'elle n'en veut pas. Parce que les gestes subis abîment. Parce que Rose est convaincue de pouvoir y arriver seule et que, maintenant, son mari, le médecin, ces hommes qui ne comprennent rien à la véritable nature féminine, lui enlèvent sa détermination. L'époque peut tolérer cette suprématie masculine. La plupart se seraient pliées, dans une rage contenue, aux ordres du praticien. Elles auraient accepté leur sort.

Pas Rose l'Ancienne.

Le docteur est entré dans la chambre depuis quelques minutes lorsque le mari, toujours dans le couloir, pousse un cri. Le bruit sourd d'un corps qui percute le mur mitoyen l'a saisi. En un bond, il ouvre la porte afin de secourir sa femme. Il lui faut un instant pour appréhender la scène qui se déroule sous ses yeux. Le médecin est plaqué contre le mur, tenu à la gorge fermement par sa Rose nue et ruisselante.

Abruti ! Abruti ! Je vous ai dit que je n'avais pas besoin de vos sales pattes sur moi pour accoucher ! Foutez-moi la paix !

Nous avons entendu cette histoire cent fois. Pourtant, la fascination reste intacte. Son énergie gonfle nos poitrines, alimente nos destins de sens, nous pousse à nous relever, même après les drames. Comme si la force de Rose l'Ancienne vibrait encore en nous.

J'ignore si Rose l'Ancienne ressent cette urgence au moment où elle va mettre au monde son premier enfant. Dans son foyer, elle a recouvré ses droits. Le médecin a quitté les lieux, le mari a rejoint le couloir, la sœur, arrivée entre-temps, s'est mise à genoux devant la future mère. À hauteur d'âmes, on voit toujours les choses avec plus de clarté. À hauteur de femme à quatre pattes aussi.

Depuis son poste, l'époux assiste, impuissant, à une alternance de râles, de cris, de rires. À intervalles réguliers, un silence profond. Comme si, soudain, la maison s'était assoupie.

La nuit enveloppe les deux femmes de son voile apaisant. Le monde se tait pour les écouter. L'aînée masse vigoureusement les reins de sa cadette. Elle déroule un tapis de phrases qui plongent la parturiente dans une transe. Et depuis ce lieu, Rose l'Ancienne renoue avec son instinct. Elle se dresse fièrement, elle hurle, pousse, se balance et, à l'origine du monde, une tête se dessine déjà.

Rose l'Ancienne se penche pour toucher puis saisir son enfant. Les larmes de l'effort embellissent son corps d'autant de paillettes. La brillante et courageuse Rose brandit maintenant son bébé tel un trophée. Tous deux poussent un rugissement de gloire et, dans ce cri mêlé, on ne distingue plus le nourrisson de sa mère.

Il ne faut que quelques jours pour que Rose l'Ancienne rassemble les femmes de la famille et expose son projet. N'en va-t-il pas toujours ainsi lorsqu'une ambition prend racine dans un moment de grande souffrance ? Dans le sillon d'une résilience, celle de notre arrière-arrière-grand-mère, se forme le premier réseau de sages-femmes, véritable petite entreprise.

Bien sûr que, plus jamais, nous ne pourrions tolérer qu'une future mère n'ait pas le choix d'être accompagnée par une autre femme, bien sûr qu'il faudrait être plusieurs pour répondre aux besoins de la région qui, avec la réputation florissante des Rosas, seraient vite importants.

Comme si Rose l'Ancienne pressentait que le jour de cette naissance contenait aussi en germe celui de leur prochaine alliance, la mère baptise sa fille du même prénom.

Rose.

Et en écho, les sœurs et les cousines font pareil, de telle sorte qu'à la génération suivante, plus personne ne se pose même la question.

Depuis lors, les Rose ponctuent les générations, fleurissent parmi les filles de ma famille.

Et avec le prénom accordé au berceau, elles naissent avec une mission.

5

La joie est en tout ; il faut savoir l'extraire.

Confucius

Je suis happée par la déclinaison des touches, l'ivoire se meut et la gamme se déploie, irrégulière, hachée, souvent hésitante. Je persévère. Je veux m'améliorer avant mon prochain cours. Un instant, je lève les mains du clavier et les tourne sur elles-mêmes pour détendre mes poignets. Je ferme les yeux, respire profondément. Je tente de calmer ma frustration. Je me replace et renoue avec l'exercice. Les notes se succèdent, plus fluides. Je m'applique encore quelques minutes. À regret, je referme le piano et attrape mon sac. La pluie frappe les vitres de l'entrée. J'enfile un ciré et coiffe mes cheveux en un rapide chignon. Dans le miroir, ma courte nuit se lit sur mes traits. J'hésite à monter à l'étage pour me maquiller. Je le fais rarement. Parfois, je trace une ligne de crayon noir pour rehausser le regard. Mais rien de plus. Vivre au bord de la mer illumine le teint. Je consulte ma montre. Il est temps d'y aller.

Dans la rue, je marche les yeux rivés sur les pavés. Je me concentre sur ma route, j'accélère la cadence. Je déteste être en retard. La succession de mes pas me plonge dans une autre transe. Sans le vouloir, j'imagine les diagnostics du médecin. Je secoue la tête. Je me répète qu'on a bien le droit de chuter en étant en bonne santé. Je bouscule un passant, en frôle un autre. Je me redresse, je prends à droite, à gauche, m'engage dans une ruelle étroite, puis je tourne encore à droite. J'arrive à destination, perdue.

Le médecin me fait asseoir. Il ouvre mon dossier et le parcourt quelques secondes.

– Ella, je ne trouve rien. Les résultats sont excellents.

– Mais...

– Il n'y a absolument rien qui explique vos malaises, reprend-il en me regardant droit dans les yeux. Vous n'avez pas un peu maigri ?

– Non, je ne crois pas. J'ai toujours été assez mince.

Le médecin referme mon dossier.

– Je suis vraiment navré, je ne trouve pas. Nous avons demandé tous les examens possibles. Vous avez consulté d'excellents spécialistes et leurs retours sont formels. Vous êtes en parfaite santé.

Mes bras se croisent comme si l'homme venait de m'insulter.

– Je ne peux pas continuer à m'écrouler sur moi-même. Je m'occupe d'enfants. Puis, les malaises sont de plus en plus fréquents.

– Je vous le répète, physiquement, tout est impeccable mais il n'y a pas que le physique. Est-ce que vous souffrez d'un stress particulier ? Dans le domaine privé ou... professionnel ? Vous gérez une classe assez nombreuse, non ?

– Je vais bien, docteur. Mon métier est... J'ai la chance d'être nommée... Et je... je suis... heureuse.

– Et vous aimez toujours enseigner ? Pas de lassitude ? De fatigue intellectuelle ?

– Comme tout le monde, il y a des choses qui me plaisent moins. J'ai parfois l'impression d'être plus un robot qu'une maîtresse, dis-je avec un rire nerveux. Mais ce n'est pas comme si je pouvais réinventer l'école... Il y a des règles à respecter. Un programme scolaire...

– Mmh, fait-il, visiblement déçu.

Il marque une pause pour m'observer. Puis, il contourne son bureau et vient s'asseoir sur la chaise à côté de la mienne.

– Vous avez déjà parlé de ce... de vos chutes... à un proche ?

Je secoue la tête.

– Peut-être devriez-vous consulter un psychologue ?

Mon corps se tend. Sans le vouloir, mon regard est attiré par la fenêtre. Des châssis en bois. Leur peinture blanche écaillée en certains endroits laisse entrevoir la surface d'un marron grisé. Il faudrait poncer, repeindre ou laisser le bois réchauffer l'atmosphère de la pièce. C'est ce que je ferais. Je choisirais le bois. Je tente de revenir à notre discussion. Mes mains sont cramponnées aux accoudoirs de la chaise comme si je m'apprêtais à un atterrissage difficile.

– Merci. Je vais réfléchir à tout cela, dis-je en soulignant ma phrase d'un geste évasif.

– Bien, répond le médecin. Si je peux vous aider, je me tiens à votre disposition.

Je me lève et ramasse les documents rédigés à mon intention, aussi perdue qu'à mon arrivée.

6

Travail de fin d'études – Rose Dallois

La matinée est déjà bien entamée lorsque je m'attelle au travail. Hier, avec ma légende et les mots qui se déliaient avec aisance, je pensais être sauvée de mon inertie. Mais à nouveau, l'angoisse revient. Elle est une pierre dans mon ventre, elle le malmène, le brûle. Un feu qui peut s'éteindre subitement, le roc qui se brise et ses cristaux qui se dispersent sans laisser de trace. Une explosion que j'imagine au ralenti. Le calme qui suit. Souverain tant il a manqué. Épais, doux, enveloppant. Tout ce à quoi j'aspire en cet instant.

Je relis les dernières phrases. Je tente de me connecter à notre pouvoir, à cette légende mais, en moi, tout se tait. Je prends une profonde respiration. Je pianote des lettres au hasard dans l'espoir qu'un mot cohérent en découle. Après deux lignes illisibles, j'abandonne.

Je déroule mon tapis de yoga, me lance dans quelques salutations au soleil, exécutées à la hâte, distraite, fébrile, déçue surtout de ces mots qui ne se matérialisent pas. Mon corps se plie aux exigences, forme une boule avant de s'étirer en une ligne impeccable, d'un côté, de l'autre, les extrémités vers le sol, vers le ciel, les postures qui s'enchaînent avec un seul appel. Apaiser l'esprit, clarifier la pensée, écrire ce foutu texte.

Je m'assieds devant mon ordinateur, aussi agitée que quelques minutes auparavant. Je ferme les yeux. Je cherche désespérément ce qui n'advient pas.

Je fixe encore la page blanche lorsque l'on sonne à la porte. J'hésite à me manifester. Je pourrais faire mine d'être absente. La sonnette retentit à nouveau. Il fait sombre dehors et les lumières du salon sont allumées. Ma présence à la maison est évidente depuis la rue. Je me lève à regret et dévale les quelques marches qui mènent à l'entrée.

– Bonjour, dis-je en ouvrant la porte.

– Ma petite Rose, comment vas-tu ? Je passais devant chez toi et je n'ai pas résisté à l'envie de prendre de tes nouvelles. Tu as le temps pour un thé ?

Sur le seuil, la sœur de ma mère me sourit. De mes tantes, c'est celle dont je me sens le plus proche. Nous l'appelons Rose Soleil. Un surnom qui a toujours été là. Ma tante le portait déjà alors qu'elle n'alignait pas encore une phrase complète. Chez les Rosas, nous sommes nombreuses à avoir un surnom. Cela revient à accorder le droit de nommer à toutes les femmes de la famille. Nous naissons Rose puis, sous le regard de nos sœurs, nous devenons quelque chose en plus, que d'autres voient en nous, parfois dès le plus jeune âge. Certaines le conservent tel un bien précieux puisqu'il nous distingue parmi les Rose. D'autres luttent contre un corps qui leur paraît étranger, un prolongement d'elles-mêmes qu'elles refusent. Elles se révoltent, ne répondent pas quand on les appelle, proposent des alternatives, adjectif ou nom commun qui les sied, attribut qui les porte, les embellit. Moi, par exemple, je suis indifférente à mon surnom. Probablement parce que je ne le comprends pas.

Ma tante aime les autres. Elle y consacre une énergie inépuisable. C'est sans doute celle qui sonne le plus souvent chez ses proches. Elle provoque la rencontre ou répond à une invitation d'un autre ordre. On pourrait croire qu'elle pressent l'appel et se met en mouvement. Pour prononcer un mot gentil, accueillir une peine, soutenir la manifestation d'un rêve. Illuminer l'autre en somme.

Elle vit seule dans une maison à deux rues de la mienne. Elle ne s'est jamais mariée. Elle n'a pas d'enfants. Elle évoque rarement sa vie amoureuse. Dans notre village, il n'y a pas toujours un partenaire pour chaque femme. Elle a cherché longtemps avant de se résigner. Je me suis souvent demandé comment elle parvenait à conjuguer les cris des nouveau-nés, les larmes de joie de leurs mères et sa propre maison qui ne se remplit pas. Accoucher des bébés lorsqu'on ne peut en concevoir soi-même me paraît un rappel constant du manque. Pourtant, quand je l'observe, je ne vois pas l'empreinte de la tristesse. Peut-être parce qu'elle vit sa maternité autrement. D'une certaine façon, mes sœurs, mes cousines, leurs filles, même ma mère et mes autres tantes, nous sommes toutes enfants du Soleil.

– Je ne te dérange pas, Rose ? demande ma tante en s'essuyant les pieds sur le paillasson.

– Non, pas du tout, entre ! De toute façon, je n'ai pas réussi à écrire une ligne ce matin...

– Toujours ce travail de fin d'études ?

Je l'embrasse et la prends dans mes bras. Je veux m'écarter mais elle me retient quelques secondes supplémentaires.

Elle me suit dans le couloir jusqu'au salon. Elle s'assied face à la cheminée. Je lance un feu et allume des bougies. Dans la cuisine, je chauffe de l'eau et y plonge du gingembre frais. Dans nos tasses, je verse un fond de sirop d'érable. Lorsque je reviens au salon, ma tante semble perdue dans ses pensées, les yeux rivés sur les flammes qui lèchent les bûches encore entières. Je sers l'infusion et m'installe à ses côtés. Elle tend la main et la pose sur la mienne. Nous restons silencieuses de longues minutes, à observer le feu danser dans l'âtre.

– Tu veux m'expliquer ce que tu dois faire pour ce travail ?

Son visage reste tourné vers la cheminée, il se marbre d'ondes chatoyantes, de teintes orangées, de nuances plus sombres aussi.

– Je dois présenter les raisons pour lesquelles j'ai choisi mon futur métier.

– Et ?

– Je ne sais pas trop... Je n'y arrive pas.

Ma tante porte sa tasse à ses lèvres et, au lieu de les tremper dans le liquide fumant, hume les effluves de gingembre. Elle avale une gorgée. Puis, elle dépose son thé sur la table et place à nouveau sa main sur la mienne.

– Je ne suis pas une experte mais... j'ai toujours pensé que la motivation qui nous appelle sur un chemin plutôt qu'un autre ne se bâtit pas en quelques années. C'est quelque chose qui nous anime depuis longtemps.

– Mais dans mon cas, ce projet est assez récent... Avant, il n'y avait rien.

– Rien de visible peut-être... Ne penses-tu pas que ça couvait ? Au moins un peu ? insiste-t-elle avec un sourire.

Les images de mon adolescence défilent, celles de l'âge adulte prennent le relais. Tout me paraît éloigné, hors sujet. Je secoue la tête.

– Alors commence simplement par le début... Tu pourrais raconter par exemple cette journée de tes dix-huit ans. Et ton choix, celui qu'aucune de nous n'a jamais osé faire.

7

Nul ne peut atteindre l'aube sans passer par le chemin de la nuit.

Khalil Gibran

Il s'est écoulé plus d'une semaine depuis ma chute. Je n'en ai eu aucun écho, ni des parents ni de mon directeur. Il faut croire que, pour mes élèves, une maîtresse à l'horizontale est un fait anodin. Une circonstance neutre qui tombe dans l'oubli. Pour cette fois. Au milieu des dizaines d'autres chutes en cour de récréation, des injustices qui la peuplent, des coups de foudre soudains et de tout ce qui agite le monde de nos enfants, ma position est secondaire.

C'est ce que je me répète en entrant dans ma classe. Parce que mon corps semble fonctionner normalement depuis lors, j'ai mis ce souci de côté, comme s'il appartenait à une autre. J'ai fait ma part finalement. J'ai consulté les médecins et procédé à tous les examens prescrits. Les résultats sont excellents et mon corps doit maintenant abdiquer devant cette évidence. Entendre que ma santé est impeccable et décider de s'aligner sur ce verdict.

Un frisson désagréable parcourt mon échine. Je m'efforce de m'en tenir au programme. Je salue les enfants, présente la matière, annonce les exercices, tente de faire fi de cette intuition étrange.

Mais mon ventre se tend inutilement. Je me répète encore que le problème est derrière moi. *Ella, tout va bien.* Je me concentre sur ce nouveau mantra. Alors que mes élèves travaillent, un doigt se lève.

– Plus tard pour les questions, dis-je d'un ton ferme.

Le bras se replie et l'enfant courbe le dos.

J'essaie de ne pas faire attention à la chaleur, là dans ma poitrine. Encore mon imagination. *Ella, tout va bien. Ella, tout va bien.* Je sonde mes entrailles. Je ferme les yeux. Est-ce même vraiment chaud ? La chaleur persiste et se propage jusqu'à mon nombril, mes épaules, elle s'étale telle une tache d'huile que je voudrais contenir. Constantin a redressé la tête et m'observe. Je me demande si mon feu intérieur a embrasé mes joues, s'il me fixe parce que ma couleur a changé.

– Très bien.

Les mots sont sortis tout seuls. Les visages sérieux se concentrent sur moi, en attente, mais rien d'autre ne me vient. À cet instant précis, je n'ai qu'une obsession : me rapprocher du sol pour adoucir la chute.

– Et maintenant, nous allons pousser les bureaux et nous asseoir en cercle par terre.

Les enfants écarquillent les yeux. Personne ne bouge.

– Madame, mais on ne peut pas... On doit rester à sa place, lance Lucien que je catalogue tout de suite comme un bon cru de ma collègue, Madame Joséphine.

– Lucien, c'est pour un exercice important. Levez-vous, poussez les bancs et les chaises sur les côtés !

Mes élèves se résignent, perplexes. Par grappe de trois, ils s'attaquent à déménager les meubles. Une douleur vrille ma poitrine. L'inquiétude infuse maintenant mon corps. Alors que les élèves sont toujours occupés, je prends place au sol. Certains s'interrompent, me jaugent, incohérence dans leur univers lisse. Le grincement des chaises que l'on traîne vrombit dans mon canal auditif. Les sons sont amplifiés. Je voudrais un silence soudain. M'allonger, dormir un peu, qu'on me laisse enfin tranquille. Que mon corps me lâche avec ses ambitions.

Je joins les mains pour masquer leur tremblement. J'ai croisé les jambes en tailleur et m'efforce de garder le dos droit. Il le faut dans ce lieu à la géométrie bouleversée. Les élèves ont fait le vide, ventre creux de notre classe qui semble maintenant les attirer à lui. En un rond parfait, ils adoptent à l'identique la posture qui est la mienne, jambes croisées, mains jointes, comme si mon corps même était une instruction. Ils me toisent. Ils attendent qu'on les guide, qu'on leur explique ce qu'ils doivent faire. Je n'en ai aucune idée.

Comme je ne dis rien, ils me regardent et je les regarde en retour. J'aimerais qu'émerge quelque chose. Un sourire se dessine, vite ravalé par celui qui le porte. Je m'attache à garder mon sérieux, à faire comme si tout cela était absolument normal. L'atmosphère est particulière.

Je dénoue mes mains pour les poser sur mes genoux. Les élèves imitent mon geste.

Je ne suis pas obligée de parler, nous pourrions poursuivre de cette façon. Je ne cherche plus un mot mais un geste. Je lève les deux mains et les place face à face. Je les rapproche et les frotte l'une contre l'autre.

En réponse, le murmure des paumes qui glissent les unes contre les autres s'élève. J'accélère le mouvement et leur rythme s'accorde au mien. Je découvre la beauté des peaux qui se touchent, un chant étrange qui m'apaise.

J'observe mes élèves. Ils sont concentrés, ils veulent bien faire, comme toujours. Leur attention absorbée par leurs petites mains en action, ils m'ont presque oubliée.

Tout à coup, je m'arrête. L'un d'eux m'aperçoit et s'interrompt. Tel un écho, les autres s'alignent et le silence reprend ses droits. Ils patientent les mains ouvertes devant eux, comme si, ici, j'étais la seule à décider.

Je pose mes mains sur mon cœur. Leur chaleur est d'un autre genre, elle se dépose en moi et calme tout ce qui doit l'être. Quelques enfants ont fermé les yeux. Les rayons du soleil caressent les silhouettes recueillies. Soudain, plus rien ne compte si ce n'est nos présences et ce cœur qui bat.

Mon corps semble fonctionner à nouveau normalement. La chute s'éloigne.

Combien de temps faut-il rester ici, en cercle, avec eux, pour être hors de danger ?

– Madame Ella ? lance Antoinette.

– Oui ?

– Il fait du bien votre exercice.

– Ah...

– Oui, c'est vrai, renchérit Constantin. C'est chaud sur le cœur.

– On pourra le refaire ? demande Jeanne.

– Je... Oui... sans doute.

– C'est pour bien travailler qu'on fait ça, j'imagine ? essaie Lucien.

– Exactement... c'est pour bien travailler.

– Dans une autre école, ils discutent souvent en cercle. Ils doivent partager des trucs, des émotions, des choses importantes. J'ai un copain, sa maîtresse fait ça tous les jours, explique Antoinette.

– Ah oui ?

– On pourrait le faire, nous aussi ? demande-t-elle.

– Non, nous, on peut pas, on doit travailler, tranche Lucien.

– C'est vrai qu'il faut travailler, dis-je en regardant Lucien. Mais on pourrait peut-être faire cet exercice de temps en temps quand je le sens... enfin, quand on le sent ?

– Comme un rituel ? ajoute Jeanne, intriguée.

– C'est ça, exactement, un rituel...

Je consulte ma montre. Il est bientôt l'heure du cours de gymnastique.

– Je trouve que vous avez fait de l'excellent travail, dis-je pour changer de sujet. Nous allons ranger la classe et nos affaires.

Je me penche et pose les mains à plat devant moi. Telle une vieille dame, je crains le changement de position. J'ai cette envie subite de passer par le quatre pattes. Mes réflexes m'ont quittée. J'ai oublié la façon dont on évolue du tailleur à la verticale.

Je lève les yeux vers mes élèves en quête d'inspiration. Comme je le craignais, ils sont tous dans l'exacte posture qui est la mienne. Je souris. Ils sourient. Nous glissons sans le vouloir dans ce jeu enfantin qui consiste à répéter tout ce que l'autre dit. Sauf qu'ici, ce sont nos corps qui parlent.

Le mien qui ignore, qui essaie. Les leurs qui savent sans doute beaucoup mieux.

Les savoirs qui soudain s'inversent. Moi, la maîtresse qui voudrait leur demander *comment*.

La cloche retentit et me sauve.

Les enfants se lèvent. Ils poussent les pupitres, déplacent les chaises, recouvrent notre nouvel univers de tout ce qui fait habituellement notre classe, un alignement parfait de coins, de pieds, ce bois, ces planches inclinées, ces lieux qui nous définissent, leur place, la mienne, un monde qui persiste.

8

Travail de fin d'études – Rose Dallois

Je me souviens de moi comme d'une adolescente posée. Je suis une observatrice du monde qui s'agite. Je parle aussi mais c'est plus rare. Lorsque l'on grandit au milieu des Rosas, les silences sont peu fréquents et mon mutisme relatif passe inaperçu. Souvent, on me lance : *Et toi, Rose Flamme, tu en penses quoi ?* J'ouvre la bouche pour m'exprimer avant d'être interrompue par une autre, plus rapide, plus enthousiaste. Forcément.

Ce n'est pas compliqué d'être *plus* que moi. L'enfance a eu cet effet étrange. Elle a atténué mon intensité. Elle a fait de moi quelqu'un de raisonnable. Parfois, je scrute les événements pour comprendre. Qu'est-ce qui moi, Rose Flamme, m'a rendue si sage ? Les absences répétées de mon père et ce qu'elles signifient ? Le renoncement de ma mère à son mari, à son ambition personnelle, à tout ce qui la compose ? Le spectacle coloré que constituent les Rosas et l'équilibre inéluctable de la nature qui me pousse alors à la pondération ?

Je porte mal mon surnom. Rose Flamme. Je ne le comprends pas. Il est un rappel constant de ce que je ne suis pas, de ce que toutes les Rosas sont. Le feu de la vie. Un destin tout tracé. Des choix qui se multiplient et que je contemple, perdue, comme l'on admire la toile d'un maître lorsque l'on se sent dépourvu de talent.

À l'époque, nous habitons une grande maison sur la côte bretonne, un héritage familial que nous n'aurions pas pu nous permettre avec les revenus de mes parents. Notre demeure balayée par les vents marins se dresse fièrement sur deux étages. Elle est reliée à la plage par un sentier de sable qui sillonne les champs de fougères. Dans notre foyer, l'océan est le tableau de toutes les pièces. Il est le paysage féroce des nuits de tempête et, sous la lune, les vagues se dessinent en lames aiguisées. Il est aussi cette surface huileuse dont l'ourlet vient mourir sur le sable tiède. Il abrite la couleur du ciel et des courants, il n'est jamais vraiment lui tant il est le reste du monde.

Pour la fête, ce jour-là, nous avons dressé une table dans notre jardin. Elle est si longue que plusieurs nappes sont nécessaires pour la couvrir. Un tissu flanqué de grandes fleurs bordeaux se superpose à un autre aux dominantes de vert, fourmillement de feuilles minuscules, auxquelles succèdent une nuée de papillons qui s'envolent vers des hortensias impeccablement alignés, à nouveau des fleurs pour clore l'épopée qui se joue sous nos assiettes.

Parce que j'ai dix-huit ans, je préside notre tablée féminine, composée de la famille élargie. Ma mère, mes cousines, ma sœur, mes tantes, ma grand-mère, mes grands-tantes. Chaque étape de la vie nous réunit. Les anniversaires, les mariages comme les divorces, les naissances aussi. Nous les célébrons avec les hommes, puis, pour une raison obscure, nous renouvelons la fête entre nous. Loin d'eux, l'atmosphère est différente. Les femmes franchissent le seuil, dotées d'une liberté nouvelle. Elles se détendent, révèlent des traits de personnalité qu'elles dissimulent en la présence de leurs compagnons. Ça parle plus fort, ça rit, ça pleure parfois.

Depuis le *pépin* de ma mère, qualificatif singulier choisi par les Rosas pour évoquer sa situation, les réunions se sont déplacées chez nous. Elles se sont multipliées aussi. Aux événements plus importants, se sont greffées d'autres fêtes, la Noël, Pâques, un solstice puis un autre, autant de prétextes exigeant désormais la rencontre. Comme si peupler la maison de ma mère pouvait transformer son existence, opérer un renversement, lui rendre ce qu'elle a perdu.

Dans le village, certains ironisent à notre sujet. Le sourire en coin, ils traitent notre foyer de repaire de sorcières. Ils fabulent sur nos rassemblements, nous imaginent en robes colorées, dansant autour d'un grand feu pour honorer le solstice d'été. C'est un peu vrai. Les histoires, même les ragots d'un patelin côtier, ne sont jamais bien loin de la réalité. Notre sang irrigue une bête d'un autre genre, sorte de clan à plusieurs têtes, meute de louves, cercle de prêtresses, toutes liguées dans un seul but. Accompagner les mères dans leur accouchement.

Depuis mon poste à table, j'observe les Rosas s'activer pour préparer ma fête d'anniversaire. Elles déposent des vases emplis de fleurs fraîchement coupées, elles allument des bougies, placent les premiers plats où elles peuvent, des poivrons rouges fondants, des artichauts et leur vinaigrette à la ciboulette, du quinoa aux herbes aromatiques, des mets dans une vaisselle dépareillée, en provenance de nos différentes cuisines.

Elles me font l'effet d'un essaim d'abeilles, toutes affairées autour de moi. Je reçois des cadeaux, des baisers, on me serre dans les bras, on m'attire loin de la table, il faut s'asseoir dans l'herbe, célébrer, raconter aussi cette vie qui m'attend. Celle des femmes de notre famille. Les yeux brillent, les bouches s'étirent en de larges sourires, on me conte avec enthousiasme les anecdotes du métier. Les meilleures, bien sûr. Je les ai déjà entendues cent fois mais j'écoute. Je me concentre sur la joie des Rosas. Un instant, je ferme les yeux et goûte à cette onde tranquille qui nous lie, une énergie, un flux puissant, tant d'amour.

– C'est incroyable de tenir dans tes mains un bébé qui pousse son premier cri, s'exclame avec emphase une de mes tantes.

– Enfin bien souvent, c'est la mère qui l'attrape elle-même ! Si tu fais bien ton travail, ajoute ma grand-mère en riant.

– Et quand tu vois dans le regard de la mère que le bébé va naître dans les prochaines minutes ! Vous percevez ce signe, vous aussi ? J'ai toujours une sensation étrange, une forme d'intuition. Honnêtement, je pourrais presque faire le décompte... Cinq quatre trois deux un, le bébé est là ! mime une de mes cousines plus âgée.

Plusieurs s'esclaffent.

– Moi, c'est la danse que je préfère. Le mouvement inné dans lequel les femmes glissent pour faire descendre leur bébé. Tu les verrais, Rose Flamme, c'est inouï ! Souvent, j'en pleure... confie ma tante.

Rose Soleil se lève et se place au milieu de notre cercle. Les yeux clos, elle forme des mouvements lents, son bassin se balance, dessine des cercles, ondoie au rythme de son souffle. En la contemplant, nous imaginons facilement ces femmes dans la pénombre, déployant leur force avant la naissance. Ma tante monte les bras vers le ciel en faisant tourner ses poignets sur eux-mêmes. Soudain, je la vois comme je ne l'ai jamais vue, comme nous ne la verrons jamais, accouchant, gracieuse, à l'aube de sa maternité rêvée. Rose interrompt sa danse, ouvre les yeux et nous sommes plusieurs à la rejoindre pour l'entourer de nos bras. Combler ce vide que nous supposons chez elle mais qui sans doute n'existe pas. Nous restons un instant dans la chaleur de nos corps. Nos parfums se mêlent et, le nez plongé dans la chevelure de l'une d'elles, j'ai envie de pleurer. La peur de les décevoir, peut-être.

Lorsque nous nous rasseyons en cercle, les discussions reprennent.

– Je crois que je ne pourrai jamais m'en lasser. C'est vrai, c'est fatigant ce quotidien qui dépend des naissances, ces nuits interrompues par un appel. Mais ce métier nous offre des moments uniques...

– Aucun accouchement ne se ressemble.

– Et aucune mère non plus.

Les échanges se poursuivent. Je souris. J'acquiesce quand on insiste pour savoir si je connais bien les positions dans lesquelles une parturiente a l'habitude d'accoucher.

J'acquiesce encore quand on me demande si je me lancerai bientôt dans mes études de sage-femme. J'acquiesce mais je suis ailleurs. Je me suis retranchée dans cet endroit minuscule de moi-même, ce lieu qui n'accueille qu'une seule chose. Mon secret.

Ma mère se tient à mes côtés. Elle garde ses histoires pour elle.

– Tu deviens une femme, me chuchote-t-elle. Je suis fière de toi.

Elle passe un bras autour de mes épaules et m'attire à elle.

– Mais ne te laisse pas faire par cette bande de Rosas endimanchées, ajoute-t-elle avec un clin d'œil.

J'ignore si ma mère sait. Si elle a compris. Si elle a une idée de ce que je veux vraiment. Si dans nos silences, dans les rares mots que je prononce, elle m'a entendue.

Je m'assieds à ma place, en bout de table. Les Rosas me suivent et, dans leur brouhaha habituel, s'installent sur leurs chaises.

J'hésite, nerveuse. Puis, je saisis mon couteau et fais tinter ma coupe. Les discussions couvrent ma tentative. Je recommence, un peu plus fort cette fois. Les conversations persistent, joyeuses, tout à ma fête. Alors je décide de me lancer. Dans une confession partielle puisque peu l'écouteront.

Je ne serai jamais une Rosa.

C'est la première fois que je prononce cette phrase à voix haute. Avant cela, je l'ai répétée des centaines de fois tout bas. Le soir seule dans mon lit, en marchant sur la plage, lors de réunions de famille, en écoutant les récits détaillés de mes tantes.

Personne ne réagit, alors je reprends d'un ton plus assuré.

– Je ne pourrai pas être une Rosa. Je ne serai jamais une Rosa. Comme vous.

Les Rosas se taisent et se tournent vers moi.

9

La joie ne peut éclater que parmi des gens qui se sentent égaux.

Honoré de Balzac, *La Vendetta*

J'essaie de me concentrer sur mes sensations, parole de ce corps que je ne maîtrise plus. J'ouvre le cahier devant moi et m'y plonge pour me distraire. Les lignes bleues transcrites avec régularité m'évoquent ces personnes exemplaires, celles qui ont toujours le geste ou le mot qui convient, l'habit qui plaît, l'attitude adéquate. Ces lignes sont les miennes. Je voudrais être cette institutrice qui ne fait pas de vagues, qui reste droite, qui ne plie jamais.

J'ignore si c'est la peur ou mon corps qui vacille à nouveau. Je tente une transition douce.

– Nous avons bien travaillé. Je propose de fermer les cahiers, de pousser les bureaux et de nous asseoir au sol.

Les élèves obtempèrent sans poser de question. Alors qu'ils prennent place, je cherche la suite. Les mots défilent devant mes yeux, creux, inutiles, éphémères.

– Je n'ai pas envie de faire le singe à vous imiter avec tous vos gestes bizarres !

Le feu embrase mes joues.

– Enfin, Lola, tu sais qu'on doit lever le doigt. Et que c'est moi qui décide...

– Pourquoi ? demande-t-elle.

– Mais parce que...

Je parcours la classe en quête d'arguments.

– C'est tellement évident ! Tu imagines le chaos si tous les élèves... Et puis, je connais le programme scolaire...

Lola s'est assise face à moi, à l'autre extrémité du cercle, le plus loin possible. Son regard ne me lâche pas.

– Parce que les adultes savent toujours mieux ? avance-t-elle.

Je choisis de ne pas relever l'ironie de son ton. Quelques élèves s'agitent.

– C'est parce qu'on est nuls ?

– Vous n'êtes pas nuls, enfin, Lola ! De quoi voudrais-tu parler ? dis-je pour faire diversion.

La fillette réfléchit un instant.

– Je voudrais... Je voudrais savoir si les autres aussi, ils ne dorment pas la nuit.

– Tu ne dors pas la nuit ?

– Pas beaucoup. Quand il fait noir, souvent je me réveille et puis après c'est comme si la machine était cassée.

– Cela doit être difficile... de ne pas fonctionner normalement, dis-je en ne sachant plus vraiment qui je vise.

– C'est parce que tu manges trop de sucre, Lola ! relève Lucien.

– Ben oui franchement, t'as vu ton pique-nique ? ajoute Constantin.

– Lucien, Constantin, je refuse ce genre de commentaires ! On ne peut pas prendre la parole n'importe comment et pour dire n'importe quoi, il y a des règles à suivre...

Mes élèves poursuivent comme si j'étais invisible.

– On voit bien qu'on n'est pas dans une école où les enfants sont libres ! intervient Jeanne.

– C'est-à-dire ? dis-je en tentant de dissimuler ma surprise.

– Ah oui, une école démocratique ! reprend Lola. J'ai vu aussi le reportage à la télé !

– Oui, c'est ça, confirme Jeanne. Une école où les enfants ont leur mot à dire... Enfin, comme en démocratie, quoi !

– La démocratie, vous connaissez quand même ? me lance Lola avec un sourire moqueur.

– Lola, ça suffit maintenant. Tu dépasses les limites ! Si on veut rester tous assis en cercle, on doit pouvoir se parler calmement !

– De toute façon, on *doit* rester assis ici, assène Lola.

La fillette me fixe. Elle paraît hésiter un instant puis continue :

– Pas parce que vous êtes différente des autres profs, pas parce que vous vous intéressez à nous. On est là à cause de votre chute.

– C'est vrai ? demande Lucien, inquiet.

– Non, évidemment ! Nous sommes tous assis en cercle pour débattre d'un sujet... dans le respect...

– De l'école démocratique alors ? suggère Jeanne.

– Ou de ceux qui ne dorment pas la nuit ? ajoute Lola.

Mon regard passe de l'une à l'autre. J'évalue mes options. Tel un joueur d'échecs, je veux connaître l'impact d'un mouvement vers l'une, vers l'autre, vers moi.

– On pourrait voter ? avance Jeanne.

– Est-ce qu'il y aura un contrôle sur ces sujets ? poursuit Lucien.

– Un contrôle ? Mais non, bien sûr que non...

– Ah... mais alors pourquoi on le fait ? demande Lucien en écarquillant les yeux.

– Parce qu'il faut bien trouver une raison pour rester tous assis, souffle Lola.

Je devrais la rappeler à l'ordre mais une profonde lassitude s'empare de moi.

– Très bien, votons, dis-je.

– On vote pour quoi, du coup ? s'enquiert Constantin.

– Le sommeil de Lola ou l'école démocratique, dis-je, résignée.

– Ou pour les deux ? propose Antoinette.

– Voilà, exactement Antoinette, ou pour les deux.

Le vote se déroule dans un silence religieux. J'énonce les possibilités, une forêt de bras se manifeste, je compte et note mentalement le résultat. La classe plébiscite les deux sujets. J'ignore ce qui les pousse à vouloir parler des insomnies d'une camarade. Leur vote en nombre me rend curieuse.

Nous renouvelons le vote pour décider par quel sujet commencer. Énoncé, forêt de bras, comptage et résultat. Je suis intriguée par leur conviction. Mû par un instinct mystérieux, aucun de mes élèves ne semble tergiverser. Leur choix se forme naturellement. Même Louis, qui doute beaucoup de lui, paraît soudain avoir la réponse.

– Peut-être que tu pourrais nous expliquer un peu plus ta... situation, Lola ?

La fillette acquiesce.

– La première fois, c'est arrivé pendant l'été. Je me suis réveillée en pleine nuit. Il faisait chaud. J'ai cru que c'était le matin. J'ai écouté. Le silence. Partout.

Lola s'interrompt et lève les bras pour dessiner un grand rond. Les autres l'observent avec attention.

– Ça m'a plu. Je trouve qu'il y a toujours trop de bruit alors ce silence... c'était bien. Je suis sortie du lit et j'ai tiré les rideaux. Dehors, tout était noir. C'est là que...

La fillette pousse un soupir.

– C'est là que tout a changé. En un coup. BAM.

Lola a crié ces trois lettres en tapant dans ses mains. Tous sursautent. L'élève se tait et contemple un à un ses camarades.

– J'ai découvert que j'étais seule, la seule réveillée, seule au monde maintenant, seule au monde toujours. Toujours différente. Toujours en trop. Toujours à l'envers. Réveillée quand tout le monde dort. Fâchée quand tout le monde est heureux. Effrayée alors qu'on me dit que tout va bien.

Sa voix s'éteint. La classe reste silencieuse. Tous les regards sont posés sur Lola.

Je voudrais tirer de ces quelques phrases une sagesse. Apporter quelque chose à mes élèves en somme. Mais ils n'attendent rien de moi. Ils sont immobiles, statues faites de dos droits et de jambes croisées.

Pour seule réponse, Jeanne prend la main de Lola dans la sienne et, dans un même élan, les paumes des autres enfants se touchent, se lient, remparts contre la solitude.

10

Travail de fin d'études – Rose Dallois

Je me concentre sur ce passé lointain et les semaines de flottement qui suivent ma fête d'anniversaire. Je clos les yeux. Une légère nausée m'envahit. Il n'est jamais simple d'être différente.

Mon annonce le jour de mes dix-huit ans suscite la confusion parmi les femmes de la famille. Personne jusqu'à moi n'a songé s'engager dans une autre carrière. Certaines d'entre nous ont décidé de ne pas travailler afin de se consacrer à leur foyer, d'autres ont exercé la profession avant de finalement lâcher leur mission pour diverses raisons. Mais choisir un autre métier dès le départ, personne n'avait encore osé. Les premiers jours, les Rosas essaient de me convaincre de changer d'avis. Elles veulent connaître mes motivations, les analyser avec moi pour m'en dissuader. Je reste stoïque. Des coulisses de mon choix, je ne parlerai à personne.

Ma mère est la seule qui ne tente rien.

– C'est ma faute, c'est ça ? murmure-t-elle un matin.

Nous sommes installées sur nos serviettes à la plage. Une portion de terre qui semble à nous puisqu'il n'y a presque personne à cette heure. Au loin, je distingue une silhouette. Je détourne le regard et me concentre à nouveau sur ma mère. Comme souvent, nous commençons notre journée par une baignade rapide. Nous nous immergeons dans l'eau froide, y poussons quelques brasses pénibles. Nos corps saisis d'abord par la mer glaciale se laissent progressivement pétrir, raffermir pour émerger plus vigoureux.

– Ce n'est pas ma faute ? répète-t-elle, l'air inquiète.

– Non, bien sûr que non, ce n'est pas ta faute, dis-je simplement.

Je devrais la rassurer davantage. La prendre dans mes bras. Embrasser son front perlé de gouttes salées. Mais la silhouette attire encore mon attention. Elle se dirige vers nous. Elle adopte maintenant une forme plus précise. Celle d'un homme pieds nus, vêtu d'un maillot et d'un T-shirt blanc.

C'est étrange quand on y réfléchit. C'est injuste même. Ma mère a été là chaque seconde de ma vie, lui ne vient que d'y entrer et pourtant, déjà, il la précède, elle et ses questions importantes.

– D'accord, conclut ma mère en se levant. D'accord.

Je ne l'entends plus. Je suis des yeux celui qui progresse d'une démarche souple et assurée. À mi-chemin, il s'arrête et lève les bras pour ôter son T-shirt. Il se remet en mouvement. Je veux marcher vers lui.

Certains êtres s'impriment dans notre peau, ils se glissent en nous comme si nous leur avions toujours appartenu. Ils nous secouent, ils nous animent avant de s'ancrer durablement.

Je me lève sans le vouloir. Je le regarde encore. Je dois décider. Demeurer ici ou le rejoindre. En un instant, les deux existences possibles se superposent, l'une avec lui et l'autre sans. Elles défilent à toute vitesse, projetées sur l'écran que forment son torse, ses jambes, ses bras, son sourire.

Nous sommes le matin d'un vingt-sept juillet. Lentement, mon pied se meut, reste en suspens quelques secondes puis s'enfonce dans le sable tiède, plus proche de cet homme qui me subjugue.

Rien ne peut entraver cet élan. Je devrais attraper la main de ma mère, l'aimer comme elle en a besoin mais déjà je m'approche de lui. Je ne la vois même pas quitter la plage.

Ce matin-là, je ne me souviens pas des mots que je prononce. Nous sommes deux inconnus. Ce qui me revient, ce sont ses yeux, la façon dont il me contemple en silence. Peut-être est-ce pour cette raison que je ne me rappelle pas notre échange. Parce que debout, pieds nus dans le sable, nous nous sommes juste regardés. Deux inconnus qui se connaissent déjà.

Pio est le vent. Il vient caresser mon existence, bientôt il m'embrasse et son souffle devient mien.

Nous nous marions un 1er octobre. Comme pour chacune de nos fêtes, nous célébrons notre mariage une seconde fois avec les Rosas. Pio est le seul homme convié. C'est le souvenir de cette soirée qui surgit quand je pense à notre union. Pio au milieu des femmes que j'aime. Pio qui tient leurs mains et tourne autour du feu dans une farandole folle. Pio assis, encore tard dans la nuit, à écouter les histoires de notre clan, son visage illuminé par les flammes, sa tête qui bascule vers l'arrière lorsqu'il rit, son sourire, ses yeux qui ne semblent jamais pouvoir faire autre chose que briller.

Notre histoire nous pousse vers un destin. Les autres nous façonnent. Bien involontairement. Je suis un peu la somme de mes rencontres. Et dans ce rêve que je vous confie aujourd'hui, il y a beaucoup de mon Pio.

11

Je n'ai jamais laissé l'école compromettre mon éducation.

Mark Twain

– Je voudrais vous poser une question concernant Lola Austin, dis-je en replaçant les feuilles devant moi pour me donner une contenance.

Nous sommes une dizaine de collègues réunis autour de la table ovale, présidée par le directeur de l'école. En ce dernier vendredi du mois, nous faisons le point sur les urgences et les dossiers sensibles.

– Lola Austin est une enfant difficile, déclare Madame Joséphine, ma collègue qui s'occupe de l'année qui précède la mienne.

– Elle a des circonstances atténuantes, regardez son dossier, essaie le secrétaire. Des parents divorcés après une séparation compliquée. Leur absence aux réunions avec le professeur montre bien qu'il n'y a pas encore un retour à la normale...

– Nous avons tous des circonstances atténuantes, l'interrompt Madame Joséphine. Ce n'est pas une raison pour mal se comporter. Cet enfant est... Enfin, je n'ai jamais rien su en faire.

– Il ne faut pas exagérer Joséphine, tempère le directeur.

– Donc... dis-je d'une voix hésitante, Lola...

– Qu'est-ce qu'elle a encore fait ? Elle n'a pas attendu longtemps pour révéler son plein potentiel, ricane Madame Joséphine. C'est comme le petit Louis, ça fait longtemps que cet élève aurait dû redoubler. Il n'a pas les capacités. Même quand je lui disais : « Réfléchis, Louis ! », je voyais bien qu'il avait du mal !

Dans la petite salle, l'air est lourd.

– Des recommandations dans ce cas ? demande le directeur.

– Du courage surtout ! lâche un collègue en riant.

– Nous devons offrir aux enfants la structure qui leur manque. C'est ce qui fait que notre métier est si exigeant, ajoute un autre collègue.

– Vous savez, commence Madame Joséphine en se redressant comme si elle s'apprêtait à prononcer un discours, je vais vous faire gagner beaucoup de temps et d'énergie. Après des années d'expérience, je sais de quoi je parle...

Elle se tait pour éclaircir sa voix. Madame Joséphine a ce geste étrange lorsqu'elle tousse : elle place son poing devant sa bouche et son autre main devant son visage, pour que l'on ne l'aperçoive pas lèvres ourlées, regard froncé.

– Je vais vous faire cadeau de ce que j'en ai conclu, poursuit-elle.

Un collègue lève les yeux au ciel. Aucun maître n'aime qu'on lui fasse la leçon.

– Il y en a toujours un ou plusieurs dans la classe qui seront des brebis galeuses, ceux avec qui on ne peut rien faire. Le mieux est de les identifier tout de suite et puis de se concentrer sur tous ceux qui fonctionnent normalement, achève-t-elle sereinement.

– Joséphine, ce n'est pas du tout l'esprit de l'école, voyons ! s'offusque le directeur.

– Sans vouloir vous offenser Maxime, quand avez-vous donné cours pour la dernière fois ? Venez nous rendre visite en classe et vous verrez que j'ai raison. J'ai même déjà repéré ma brebis de cette année.

– Le principe de cette école est d'offrir une chance à tous ! rétorque le directeur.

– Eh bien, avant j'avais des principes, maintenant j'ai une classe d'enfants ! déclare Madame Joséphine en levant les bras en signe de résignation.

– Très bien, nous reviendrons sur cette histoire de brebis égarée, commente le directeur en prenant note dans son calepin.

– Galeuse, corrige Joséphine.

– Joséphine, un peu de respect, je vous prie. Nous nous verrons après cette réunion pour aborder le sujet au calme. Mais sachez que je m'oppose fermement à ce genre de pratique, que ce soit clair pour tous ceux autour de cette table.

Nous acquiesçons tous, sauf Joséphine, retranchée dans le silence.

J'hésite à poser à nouveau ma question. Je veux ouvrir la bouche. Avant que j'aie pu produire un son, le directeur poursuit l'ordre du jour. Mes collègues se penchent sur leur feuille, y inscrivent ce je-ne-sais-quoi plus important que Lola Austin. Je parcours la salle des yeux, désemparée. Je songe à mon élève, ma brebis qu'on déteste déjà.

J'aimerais classer ce dossier aussi facilement. Me dire que pour elle comme pour d'autres, il n'y a rien à faire. Je voudrais les choses plus évidentes. Je voudrais presque que Lola n'existe pas.

J'essaie de me concentrer sur le point suivant mais mon regard est absorbé par ces lèvres qui remuent tour à tour. Mon esprit a coupé le son et je passe de bouche en bouche, hypnotisée par leur mouvement. Pour une raison mystérieuse, je les supplante par des lèvres d'enfants. Probablement parce que leur réaction m'évoque l'enfance. Ce temps où la simplicité peut être aussi coupante que reine, envers ceux qui portent la différence.

Et ce constat me glace.

Après l'école, je rentre chez moi pour mon cours avec Henri. Il prend une chaise autour de la table à manger et la pose près du piano. Il ouvre une partition et la place face à mes yeux. Je m'assieds sur la banquette. Il se positionne légèrement en retrait, de biais. Une séquence de gestes, quelques mots échangés, une scène que nous rejouons tous les mardis.

– Tu as eu le temps de répéter ?

– Un peu...

Sa voix est calme. Son tempo diffère de celui des autres trentenaires. Il est mon professeur depuis deux mois. Entre deux saisons de concert, il donne des cours particuliers à une vingtaine d'élèves, enfants et adultes. De lui, je ne connais pas grand-chose. Il porte souvent des chemises à carreaux, il a récemment emménagé dans la région et il court sur la plage plusieurs fois par semaine. Henri se redresse, croise les jambes, toujours la droite sur la gauche.

– J'aime bien ce morceau. Il est simple mais c'est un vrai morceau, ajoute-t-il en indiquant du doigt la portée que nous allons entamer.

Je lis les notes lentement. Je débute par la main droite. Elle parcourt le clavier, inflexible, comme si elle était rouillée. Henri m'interrompt, il me propose d'étirer mes doigts, m'enseigne la façon dont je peux masser mes paumes, me rappelle que la pratique exige une musculature et une souplesse. Que tout cela s'acquiert avec le temps. J'ignore s'il répète ces paroles à tous ses élèves ou si elles ne sont que pour moi. À cause de mon impatience, sans doute visible de tous. Il attend que je sois prête. Je prends une profonde inspiration et tente à nouveau de déchiffrer. Je bute sur des notes évidentes, je recommence, je m'énerve contre moi-même. J'essaie de ne pas le montrer.

– Ce passage est plus délicat. Je peux ?

Nous troquons nos places. Il pose ses mains sur le piano. Elles sont un peu hâlées. Il déploie une double gamme pour s'échauffer et ses doigts effleurent les notes avec une douceur désarmante.

– Donc, cette partie est compliquée parce qu'elle travaille la flexibilité. C'est le but. C'est un morceau légèrement agaçant, ajoute-t-il avec un petit rire.

Il passe une main dans ses cheveux et se positionne bien face à l'instrument.

– Alors ! Donc ici, ton pouce va glisser sous ta main pour attraper cette note-là, un peu plus loin. Puis, il faut écarter la main au maximum pour lui permettre de frapper le *do* de l'octave supérieure.

Il rejoue l'extrait et ce morceau de débutant paraît presque beau.

Henri me laisse la place sur la banquette. Je m'attaque à la partie complexe. Je persévère sur ma portée, joue les croches comme des noirs, les noirs comme des blanches, j'essaie de me calquer sur le doigté qui déforme ma main. Je recommence encore mais le piano me résiste. Mes doigts glissent à côté, se mélangent en une autre mélodie qui m'agresse. Je m'acharne et cela ne ressemble à rien. À mes côtés, Henri se tait. Son silence m'irrite. Je déteste quand tout m'échappe.

12

Travail de fin d'études – Rose Dallois

Cette nuit, la fillette était encore là. C'est étrange de l'appeler *la fillette* alors qu'elle est moi. Je la tiens à distance. Elle m'effraie. Dans mon rêve, pourtant, elle danse simplement sur la plage. Dans sa valse, elle court vers les flots. Ils recouvrent ses pieds. Pour ne pas mouiller sa robe, elle s'en éloigne d'un bond. Elle rit. Elle a l'air plus légère que dans les champs, à taquiner la mer, à approcher l'eau pour s'enfuir encore.

Je l'observe de loin, assise sur le sable, les genoux repliés contre moi, dans une vaine tentative de me protéger. Je veux partir mais, à nouveau, je suis paralysée. Une immobilité qui me force à contempler cette enfant.

Ce matin, lorsque je m'installe derrière mon bureau, les Rosas m'assaillent. Même dans le silence de nos maisons, nous restons ensemble. Cette connaissance intime nous permet aussi d'exister d'une certaine façon à l'intérieur de chacune, avec nos tempéraments, nos avis, autant de voix que je voudrais pouvoir faire taire maintenant. Je les imagine en cercle autour de moi. Plusieurs me répètent que la fillette n'apparaît pas dans mes songes pour rien. Les autres acquiescent. Je secoue la tête, allume une bougie dont la petite taille atteste de mon travail. Ou au moins du temps passé les mains proches de mon clavier. J'avale un verre d'eau d'une traite. Je voudrais m'immerger tout entière dedans, que ma bulle aquatique brouille les mots et me dispense de ce que pensent les autres.

Pour obtenir ce diplôme, je dois produire un écrit qui démontre ma motivation profonde. Identifier les racines d'une volonté. Les connaître et puis, le jour venu, m'y connecter.

C'est le pire et le meilleur qui font que je suis ici, à écrire.

Maintenant, il est temps d'aborder le pire. Ou le meilleur. Je ne sais pas.

Nous sommes un vingt-quatre avril. Je suis enceinte de bientôt neuf mois. Pio et moi sommes mariés depuis plus d'un an. Après avoir été diplômée du conservatoire, j'enseigne le piano aux adolescents. Le soleil est haut dans le ciel, la nature émerge de l'hiver avec une nouvelle vigueur. Les branches alourdies par les bourgeons s'épanouissent derrière nos fenêtres. Je songe aux effluves du printemps, à la balade que je m'apprête à faire. À ce monde qui m'appartient et se plie docilement à mon envie. Je consulte mes derniers messages. Mes élèves que j'abandonne le temps de mon congé de maternité me formulent leurs meilleurs vœux. J'en remercie quelques-uns. Je laisse les autres pour plus tard.

Je me prépare à sortir de chez moi quand je manque de tomber et me rattrape au mur face à moi. La douleur traverse mon corps, le saisit dans le bas du dos et se propage partout dans mon ventre. Je souffle mais elle persiste. Devant moi, le mur blanc, mes mains bien à plat sur la surface lisse et froide. J'ouvre la bouche et lâche un cri.

C'est la première image qui me vient, celle qui me hante, même encore aujourd'hui, tant d'années plus tard lorsque je me réveille la nuit. Mes mains sur la couleur pâle, mes mains qui voudraient arracher ce qui me sépare du reste du monde.

J'essaie de respirer calmement pour apaiser cette première contraction. Je profite d'une accalmie pour appeler à l'aide. En écho, le silence. Je saisis d'une main mon téléphone. Je rédige un message rapide et l'envoie à ma mère, à Pio, à ma sœur.

Je m'appuie encore sur le mur et mes hanches se meuvent en une danse étrange. Mon corps se coule dans un mouvement qui lui est propre. Je me répète que j'ai le temps. Je crie encore et aucune réponse. Je m'accroche à un meuble pour étirer ce dos cerclé par la douleur. Les paroles des Rosas me reviennent. Je dois entrer dans ma bulle et ne plus la quitter.

Alors que je me concentre sur cela, j'ai la sensation de perdre l'équilibre. J'ouvre les yeux et tout semble stable à nouveau. Pour effacer la solitude, j'imagine les femmes de ma famille assises en cercle autour de moi. Leurs visages confiants sont dirigés vers mon ventre. Elles me sourient, elles m'encouragent. Parfois, elles répètent que mon corps sait, que leur présence n'est même pas nécessaire. Je ferme les yeux. Je songe à ce bébé qui descend. Il m'apparaît en une forme lumineuse qui éclaire plus que l'intérieur de mon ventre. Cette fille que j'ai tant désirée sera bientôt dans mes bras.

Je souffle et je la sens faire son chemin en moi, aidée par la gravité. Je voudrais encore me tenir au bord de la commode mais mon bras gauche se fait lourd. Je le baisse un instant pour qu'il récupère sa mobilité. Je veux le secouer mais il reste pesant. Il paraît engourdi. Ma jambe aussi. Je cherche une autre posture, j'essaie de me contenter d'une prise, en vain. Une sensation étrange me gagne jusque dans mon visage, sorte de force qui tire tout vers le bas.

Je tâche de trouver un appui en m'agenouillant près d'un fauteuil, mes épaules, mes bras et ma tête abandonnés sur l'assise. Prochain assaut. La contraction me terrasse. Les Rosas les appellent des vagues. Je visualise cette lame bleue qui, nourrie par les flots, s'apprête à culminer. Je l'imagine me recouvrir tout entière et balayer mon enfant pour l'amener plus loin sur sa route. Lorsque l'ourlet de la vague se dessine, la douleur a presque disparu. Je prends confiance dans mon corps, dans son pouvoir. Une fulgurance qui en amène une autre. Les Rosas me manquent. Je veux me concentrer sur leur sagesse mais la confusion domine. Leurs visages se mélangent. Leurs mots se fondent en un murmure incompréhensible. La torpeur rend l'exercice difficile. Mon corps est en train de me lâcher. Je me sens partir. Quelque chose ne va pas.

J'ouvre les yeux sur le salon mais tout est sombre. Le jour est subitement tombé. Je m'affole, je hurle. J'appelle mon mari comme s'il pouvait m'entendre. *Pio. Pio.* Tout est devenu noir, d'un noir profond, insondable, une couleur grasse qui tapisse chaque pan de mon univers, m'enfermant davantage dans la solitude. Mes mains se cramponnent mais elles sont molles et ne pourront rien contre la force qui m'attire vers l'arrière. Je dois lutter contre elle mais tout est engourdi. Chaud, doux, lourd. Une masse inerte dont seul le ventre durcit encore à intervalles réguliers.

Je suis sur le point de quitter ce monde. Je voudrais poser une main sur mon ventre pour rassurer mon enfant mais elle ne répond plus. Je crois percevoir le bruit sourd de ma tête qui heurte le sol. Je plonge dans ma nuit.

13

En tuant le temps on blesse l'éternité.

Henry David Thoreau, *Excursions*

Ce matin, les enfants s'installent dans un calme relatif. Devant moi, le classeur qui contient le programme. Je l'ouvre d'une main lourde à la page du prochain chapitre. Je parcours rapidement les objectifs, les exercices, ce petit paquet de connaissances qui devrait être assimilé par mes élèves aujourd'hui. Depuis quelques jours, mon corps fonctionne différemment. Il ne prend plus feu par endroits, il ne m'oblige plus à m'asseoir par terre, il me laisse tranquille.

Jeanne lève le doigt.

– Oui, Jeanne ?

– On a tous voté pourtant...

– Voté ?

– Oui, vous savez, toute la classe a choisi. On aimerait parler de l'école démocratique.

Lola garde la tête appuyée dans sa main. Je lui trouve un air fatigué. J'ignore si c'est son histoire qui m'influence.

Si les insomnies des autres ne deviennent visibles sur leur visage que lorsqu'elles sont énoncées tout haut. Un peu comme les problèmes.

– Nous en discuterons quand j'aurai eu le temps de me documenter sur cette pédagogie.

– Pourquoi ? demande Lola, soudain réveillée.

– Enfin Lola, c'est évident ! Comment veux-tu que je vous explique ce qu'est l'école démocratique si je ne la connais pas parfaitement moi-même ?

Je me place debout devant eux, bien droite.

– Et Jeanne, ce qu'elle sait, c'est pas intéressant donc ? reprend Lola.

– Eh bien... Je suis en effet celle dont c'est le métier d'enseigner, dis-je avec un rire nerveux. Je dois m'assurer que vous appreniez... ce qu'il faut. Pas n'importe quoi !

– Vous trouvez que je dis n'importe quoi ? s'inquiète Jeanne.

– Mais non, mais non, c'est juste que... Enfin, ça a toujours été ainsi. Le professeur enseigne des choses à ses élèves. C'est comme cela qu'il faut faire, dis-je d'un ton que je voudrais ferme.

– Ben non, justement pas. C'est pas comme ça dans les écoles démocratiques, décrète Jeanne.

Sur les visages, je lis un malaise.

Lola se lève et commence à pousser son bureau sur le côté. Un autre l'imite, rejoint bientôt par une dizaine d'enfants. Seuls les plus dociles restent assis derrière leur pupitre.

En une minute, l'insurrection a gagné la moitié de la classe. Je devrais hausser la voix, rappeler à l'ordre, répéter encore une fois qui est le maître ici.

Mais ma poitrine s'enflamme avec une intensité soudaine. Mes mains tremblent, mes joues pétillent, mon regard se brouille. Je suis ramenée à la case départ. Mes élèves m'appellent. Ce cercle m'attire, moi et mon corps qui ne tient plus. Ou qui tient mieux que jamais. Il plie, il se joue de moi, il me montre que je ne suis plus la seule à décider. Il me répète que ma place n'est pas sur cette chaise mais assise avec eux. Pour faire ce n'importe quoi qui m'effraie et m'enchante tout à la fois.

14

Travail de fin d'études – Rose Dallois

Lorsque ma mère reçoit mon message, elle envoie immédiatement une ambulance chez moi. Elle ne gaspille pas de précieuses minutes à m'appeler avant. Elle ne se raconte pas non plus qu'elle peut passer me prendre pour m'emmener à l'hôpital. Elle a manqué de chance une fois et cette fois conditionne son existence depuis.

C'est couchée sur le dos, inanimée, qu'elle m'aperçoit en entrant dans la maison. Les secours font barrière tout autour. Ils m'auscultent pour tenter de comprendre comment j'ai pu perdre conscience et me retrouver étendue là. Aux *madame, madame*, je ne réponds pas. Sous les *madame, madame, serrez ma main* déclamés avec plus d'insistance, je reste immobile, presque paisible. Le récit des autres se mêle à mes propres souvenirs. J'ai la sensation étrange de m'observer de là-haut, comme si j'étais le dos collé au plafond. Auprès de ma silhouette allongée sur le sol, ils crient. *Score de Glasgow minimum. Son cœur s'est arrêté. Il faut l'intuber. Réanimation.* Les annonces s'enchaînent à un rythme effréné. D'autres mots se mélangent à ceux-là. *Arrêt cardiaque* sont ceux qui captent mon attention.

Je songe à mon bébé. À la quantité d'oxygène nécessaire pour survivre, à celle qui est maintenue dans mon sang, au nombre de minutes qui se sont écoulées sans que mon cœur ne batte. Je voudrais être capable de faire ces calculs compliqués pour savoir si ma fille est en vie. Ils s'acharnent sur moi alors que c'est elle qui doit être sauvée.

Un secouriste a placé ses mains au niveau de mon cœur et effectue un massage vigoureux. Un médecin s'agenouille derrière ma tête, la bascule vers l'arrière et cherche une entrée pour glisser dans ma gorge un tube en plastique.

Mon corps qui tenait encore quelques minutes auparavant semble avoir perdu ses compétences. Tout m'échappe. Je ne veux pas être ce pantin câblé, ballotté par ces mains étrangères. Je suis cette femme debout qui apprend à gérer les vagues. Je suis cette future mère, apte à accueillir son bébé. Je suis forte, je m'en sens capable. Je le voulais. Cet accouchement, j'y avais droit.

De là-haut, j'entends ces mots qui devraient me réjouir. *Elle respire. Son cœur bat à nouveau. Préviens l'hôpital qu'on arrive. Il faut un scanner cérébral en urgence et une salle d'op pour la césarienne.*

L'image de mon corps sur le béton lisse tremble, s'effrite et disparaît. Le noir recouvre tout.

Pendant que l'équipe s'affaire autour de moi, ma mère reste adossée au chambranle de la porte, en retrait, essayant d'appréhender la scène. Quand la civière soulève le corps de son aînée, elle recule d'un pas afin de la laisser passer.

Il faut la main de mon mari sur son épaule pour la sortir de sa transe.

À l'hôpital, on leur demande de patienter dans la salle d'attente. Ils se postent sur le bord de la banquette, prêts à se lever lorsqu'un médecin viendra les informer de mon état. Ma mère prend la main de Pio dans les siennes. Ils demeurent silencieux, chacun plongé dans ce film qu'ils ressassent pour comprendre. Une porte s'ouvre et ils bondissent. Des détails prennent une importance soudaine. Le mouvement d'une porte, l'attente d'un médecin dont on ignorait encore l'existence le matin même, le choix d'un prénom laissé en suspens, la banalité des derniers mots échangés avant de se quitter. L'homme de la plage courbe le dos. Nous ne sommes plus au temps des premiers baisers. Pio voudrait ne penser à rien.

De l'autre côté de la porte, plus loin dans le couloir, à un autre étage inaccessible au public, je suis allongée sur une table. Le scanner cérébral a confirmé une hémorragie. Il faut sortir le bébé. L'anesthésiste surveille mes constantes vitales.

D'un geste, on entaille mon ventre pour en extirper ma fille. Le médecin crie que ma tension augmente. Il commande de m'administrer un hypotenseur. La chimie et les machines prennent toute la place. J'ai rêvé de cette naissance. Cette peau nue et tiède qui s'abandonne contre ma poitrine. Ce regard levé vers moi. Cette rencontre qui n'est égalée par aucune autre. Un instant gravé dans la mémoire de chaque mère. Mais moi, fille de Rosas, héritière d'une lignée d'accoucheuses, je ne suis même pas capable d'ouvrir les yeux.

Sous une lumière crue, deux mains étrangères saisissent mon enfant et l'emmènent vers la salle des soins. Les docteurs délibèrent au-dessus de mon corps. Ils doivent décider s'ils m'opèrent dans la foulée ou si l'hémorragie se résorbera d'elle-même, en contrôlant la pression avec la pose d'un drain. Sous les voix, je reste plongée dans ma nuit, absente des enjeux qui se discutent maintenant.

Une infirmière revient avec mon bébé qui ne cesse de pleurer. La jeune femme propose de coller le nourrisson contre ma joue pour le calmer. On lui répond qu'on n'a pas le temps. Elle insiste. Juste quelques secondes.

Lorsque l'infirmière s'approche de moi, ma fille hurle encore. Elle m'appelle. Je ne me souviens pas de cette première fois. Je sais seulement qu'à mon contact, elle s'apaise enfin. Comme si ma présence suffisait.

J'ai souvent songé à cet instant, à la magie qu'il mettait en lumière, à la façon dont nous pouvions toutes être mère. Même épuisées ou diminuées, même dénuées d'inspiration, nous pouvions toujours être cette présence qui soigne. Pour nos enfants, pour nos proches, pour nous-mêmes aussi.

Étrangement, je crois que ma motivation pour mon futur métier s'ancre là, dans un moment où je suis absente de moi-même.

Ignorant tout de ce que je suis et de ce que je veux.

Et parce que je ne maîtrise plus rien, la vie se charge de m'offrir un destin.

15

Tous les hommes désirent naturellement savoir.

Aristote, *La Métaphysique*

En m'installant auprès d'eux dans le cercle, je tente de réunir les maigres informations à ma disposition. Je sais que nous allons parler d'école. Je sais ce qu'implique la démocratie. Mais je n'ai qu'une vague idée de ce que la combinaison de ces deux mots peut donner.

École démocratique.

Je ressasse cette expression dans ma tête en espérant qu'en émerge quelque chose, quelque chose d'intelligent, ce serait encore mieux. Je m'apprête à ouvrir la bouche.

– Je suppose que, comme c'est mon sujet, je vais parler ? suggère Jeanne.

– D'accord ! dis-je en faisant un geste vers elle.

– Eh bien c'est très simple. L'école démocratique, c'est le RÊVE, commence Jeanne.

Elle laisse planer un instant ce mot sur notre petit groupe. J'ignore s'il a déjà été prononcé tout haut dans notre classe.

Sa magie s'empare de notre imaginaire. Sans doute, mes élèves dessinent-ils chacun à leur façon cette école qu'il incarne. *Une école qui ne ressemble certainement pas à la nôtre.* Je me reprends immédiatement. Notre école est très bien. Le taux de réussite est excellent. Je me répète cette phrase pour me rassurer, même si elle sonne creux.

Alors que les esprits bâtissent encore sur les fondations que Jeanne a posées, celle-ci prend à nouveau la parole.

– C'est le rêve parce qu'à chaque minute, on apprend ce qui nous intéresse vraiment !

Les vingt-cinq paires d'yeux sont rivées sur la fillette, les corps subtilement penchés vers elle.

– On peut jouer du piano, inventer des histoires, lire pendant des heures... On apprend aussi à calculer mais pour faire les choses qu'on aime, comme dessiner les plans d'un bateau ! On se lève le matin heureux parce qu'on fait ce qu'on adore ! Dinosaures, pièces de théâtre, cabanes dans les arbres...

Jeanne s'interrompt puis tourne son visage radieux vers moi avant de conclure :

– Et moi aussi, je voudrais une école où je peux apprendre ce qui m'intéresse. Je voudrais choisir au moins un peu ce que je fais de mon temps. Ici, on ne choisit rien. On ne joue jamais. On doit rester assis sans bouger ni parler.

– Je déteste notre école, ajoute Lola.

En écho, quelques élèves acquiescent et répètent cette phrase terrible.

– Vous détestez votre école ? dis-je, abasourdie.

– Parce que vous pensiez qu'on l'aimait ? répond Jeanne interloquée.

– J'avoue que... Je ne m'étais pas posé la question... Je... L'école est obligatoire. Il est important que vous appreniez à lire, à écrire, à... enfin, il faut passer par là pour devenir adulte... J'applique des méthodes éprouvées, le taux de réussite...

Je n'achève pas parce qu'autour de moi, quinze doigts impatients se sont dressés.

– Oui, Constantin ?

– Je ne comprends pas ce que vous dites.

– Madame Ella essaie de t'expliquer qu'elle a raison de faire comme elle fait et qu'il ne faut surtout pas s'intéresser aux autres façons de faire, ironise Lola.

– Mais... dis-je avant d'être à nouveau interrompue.

– C'est vrai que l'exposé d'aujourd'hui n'est pas sur notre école mais sur l'école démocratique, c'est bien différent, renchérit Jeanne.

Lola rit.

– D'accord, parlons encore de cette école démocratique, dis-je du bout des lèvres. Pensez-vous vraiment que des enfants vont d'eux-mêmes décider d'acquérir tous les apprentissages nécessaires à leur vie d'adulte ?

– On dirait que vous êtes fâchée Madame Ella, lance Antoinette.

– Nous, on aimerait poser des questions aussi, poursuit Constantin.

– Très bien, dis-je de plus en plus mal à l'aise avec la tournure que prend la discussion. Allez-y, posez vos questions à Jeanne.

– Moi aussi, je connais un peu l'école démocratique, ajoute Lola.

– ... Et à Lola donc...

Toutes les mains se lèvent avec énergie.

– Est-ce que... que... cette école... c'est bien pour les enfants qui... qui ont du mal ? demande Louis.

Il bute presque sur chaque mot. Je suis étonnée qu'il pose une question. Je ne suis pas sûre que, dans ma classe, il ait déjà pris la parole de sa propre initiative.

– Oui, cette école est pour tous les enfants. Dans le documentaire, ils expliquaient que chaque enfant a un talent. Donc je ne pense pas qu'il y ait là-bas des enfants qui *ont du mal*, comme tu dis. Ils ont juste un autre talent à découvrir, explique Jeanne.

Le petit Louis se redresse sur sa chaise.

– Comment ça se fait que des adultes acceptent ça ? Que des enfants fassent ce qu'ils veulent ? demande Lucien.

– Ben parce que ça fonctionne en fait, répond Lola en levant les bras en signe d'évidence.

– Mais comment ? insiste Lucien, de plus en plus intrigué.

– Mais oui comment ? Et pourquoi on ne fait pas comme eux alors ? Si ça marchait, toutes les écoles feraient la même chose, dit Antoinette.

– Parce que les adultes ne croient pas que les enfants ont vraiment envie d'apprendre ou en tout cas pas les choses importantes... pour leur futur, déclare Lola en soulignant ce dernier mot.

– Les adultes n'ont pas confiance en nous ? reprend Lucien, ébahi.

– Ils sont fous ! lance Constantin.

– On adore apprendre, nous ! renchérit Antoinette.

– Mais oui, c'est évident, confirme Lola, visiblement blasée par le sujet.

Au creux de mon ventre, je ressens un pincement.

– Nous sommes dans une école classique et nous fonctionnons comme nous avons toujours fonctionné. Avec la taille des classes, le programme, c'est impossible de faire autrement... dis-je pour calmer le débat.

– Donc on n'essaiera jamais autre chose ? demande Constantin.

– Vous ne pensez pas qu'on a envie d'apprendre ? ajoute Jeanne.

– Je...

Dans ma tête, je répète leurs questions. Avec leurs mots d'enfants, ils mettent à nu quelque chose de compliqué, une sorte de combat intérieur longtemps enfoui. Ils me rappellent la maîtresse que j'ai été. Ils font émerger ces convictions que les années ont ensevelies. Ils me ramènent à un temps où j'aurais été éblouie par ces élèves et leur questionnement. Ils me donnent envie de tout plaquer, mon obstination à tenir debout, ma défense d'une école que mes élèves détestent, mon envie de bien faire.

– Je n'ai pas de réponse. Je ne sais pas, dis-je agacée.

Je parcours notre cercle du regard. Les mines sont sérieuses, concentrées.

– Je crois que je ne connais plus bien les enfants...

– Mais vous nous voyez tous les jours, relève Constantin.

– C'est triste, conclut Jeanne alors que la sonnerie retentit.

Sans attendre d'instruction, les élèves se lèvent et poussent les meubles pour rendre à notre classe son apparence habituelle. J'aimerais qu'avec les bancs et les chaises qui s'alignent, mon malaise se dissipe. Je voudrais faire l'impasse sur mon ignorance, la réduire à une fraction invisible. Elle éclate maintenant aux visages de ceux qui, hier encore, avaient du respect pour moi. Je ferme les yeux et tente de compter à l'envers pour éluder le chagrin et la colère. J'ouvre les yeux et le monde n'a pas changé. Je perds pied. Je vais abandonner.

Mais Lola a posé une main sur mon épaule.

– Depuis qu'on s'assied en cercle avec vous, je dors un peu la nuit, lâche-t-elle avant de sortir de la classe.

16

Travail de fin d'études – Rose Dallois

Moi qui ai couru pieds nus toute mon enfance, dansé des heures dans les vagues tièdes des fins d'été, je suis allongée sur ce lit blanc, retenue dans une chambre aseptisée. Plongée dans une nuit dont je semble incapable de me relever. On m'a ôté mes bijoux, mes vêtements ont été remplacés par une chemise d'hôpital, mes cheveux restent lâchés, disposés d'une façon ou d'une autre pour ne plus bouger. Mes traits sont lisses, mes pommettes hautes le semblent un peu moins. Mon ventre est barré d'une cicatrice, dégonflé, livré à lui-même. Ma chair abandonnée par le départ de mon enfant.

Dès le premier jour, ma fille et moi sommes séparées. Je fais l'objet d'une surveillance rapprochée aux soins intensifs alors que mon enfant va bien. Un beau bébé né à terme, trois kilos deux cents grammes, cinquante-deux centimètres, que les infirmières surnomment *la fille de Rose*. Les médecins sont optimistes. L'hémorragie peut se résorber avec le temps.

Je n'ai droit qu'à un nombre limité de visiteurs. Les femmes de ma famille voudraient se relayer à mon chevet mais seuls mon mari et ma mère sont tolérés. Lorsqu'elle peut enfin me voir, elle s'assied sur le bord de mon lit avec précaution. Dos droit parce qu'il le faut bien, cheveux courts en une coupe efficace, regard gris plissé, jean et chandail enfilés à la hâte et portés trop longtemps, un être et ses vêtements froissés par l'attente et l'angoisse. Les premières minutes, ma mère n'ose pas me toucher. Elle m'observe. Mes cheveux étalés sur l'oreiller, la couleur de mon visage, plus pâle, la position de mes mains, sagement recueillies l'une sur l'autre, sans doute l'œuvre d'une infirmière après ma toilette. Elle se penche vers moi et libère mes mains de leur posture factice, les dépose le long de mon corps, paumes vers le ciel, offertes à la caresse de ceux qui me tiendront compagnie.

Elle place sa main dans la mienne et se concentre sur les traits de mon visage. Elle attend une réaction, ne fût-ce qu'un tressaillement. Au début, elle reste immobile, elle espère que ma peau qui se réchauffe au contact de la sienne suffira à me rappeler à elle.

Ma paume tiédit mais mon visage demeure celui d'une poupée de cire.

Comme elle l'a fait dans mon enfance lorsque la route empruntée s'avérait sans issue, ma mère essaie autre chose. Elle presse ma main. Une fois, deux fois, à la façon d'un code morse dont elle seule a la signification. Elle recommence mais je ne bouge pas. À sa manière, elle me parle et je ne lui réponds pas. Son enfant dans le coma n'est pas dans l'ordre des choses. Elle ne veut pas y croire. Ma mère prononce mon prénom. D'abord tout bas puis avec plus d'insistance. *Rose, ma petite Rose.* Elle serre les poings pour ne pas me secouer. Elle souffle bruyamment pour dissiper sa tristesse. Elle se lève pour quitter la pièce. Elle doit sortir d'ici parce qu'elle n'y arrive pas. Sa fille câblée et intubée, son immobilité glaçante, c'est trop.

Comme toutes les fois où les êtres qu'on aime sont inaccessibles pour longtemps.

À un autre étage, mon mari est assis dans le fauteuil que l'on propose aux mères qui allaitent. On lui a demandé de patienter là, dans cette chambre attribuée à la hâte. Contre le mur, une infirmière a rangé un lit de camp pour le papa. Notre vie bousculée le place aux premières loges de cette maternité.

Une sage-femme entre dans la pièce avec *la fille de Rose* dans les bras. Mon mari se lève et s'approche pour découvrir son enfant. On lui suggère de s'installer dans le fauteuil, d'ouvrir sa chemise et d'y glisser le nouveau-né. Pio obéit. Il ne connaît rien à son rôle de père, il ne se souvient pas d'avoir jamais vu un bébé aussi petit. Il ne sait même pas comment le prendre contre lui mais il se tait. Il garde ses questions pour lui. Il a trop peur qu'on l'estime incompétent et qu'on lui enlève son enfant.

Lorsque l'infirmière dépose *la fille de Rose* sur son torse, l'homme de la plage s'arrête de respirer. Il ne veut pas déranger celle qui dort. Il voudrait appeler sa mère, sa belle-mère, demander à quelqu'un le mode d'emploi. Finalement, ces questions, il ne pensait jamais devoir les poser à d'autres. Pendant la grossesse, il m'avait avoué, en se moquant de lui-même, être complètement ignare en la matière. Nous avions ri. Je l'avais rassuré. Je lui montrerais tout ce qu'il devrait savoir. Je serais son guide.

L'infirmière les quitte et mon mari clôt les yeux. Il craint qu'en regardant sa fille, il n'y voie trop la mère. Il se trouve ridicule, figé dans ses peurs. Les yeux toujours fermés, il songe à tous ceux qui l'ont précédé. Ils n'étaient pas plus aptes que lui. Il baisse la tête pour la contempler. Il espère que ce mouvement presque imperceptible ne la réveillera pas. Il se sent gauche. Il sourit de lui. Il se détend un peu.

Dans ses bras, le nourrisson remue légèrement. En le détaillant, il éprouve une joie nouvelle teintée immédiatement de tristesse. Dans la bouche, les yeux, le nez de son enfant, les traits de la femme qu'il aime.

Il est l'équilibriste qui marche sur le fil tendu entre deux montagnes. Il passe de l'excitation à l'abattement, de l'enthousiasme à l'angoisse profonde. Les émotions le malmènent tel un pantin. Il voudrait n'être qu'à un endroit à la fois. Là, maintenant, heureux comme un fou avec elle. Plus tard, ma main dans la sienne, minuscule face à l'épreuve.

Il se concentre sur sa fille. Il se répète qu'il lui doit cela. Il lui raconte sa mère. Il prend le temps. Elle ouvre les yeux. Le sérieux de son enfant l'intimide. Il poursuit son récit en butant sur quelques mots. Elle l'écoute patiemment. Il lui affirme des choses auxquelles il ne croyait pas une minute auparavant. Il lui assure qu'il saura gérer, qu'un petit bébé comme elle, ce n'est certainement pas compliqué. Elle ne répond qu'avec ses grands yeux qui le dévorent tout entier. L'homme de la plage y puise sa force. Il se sent grandir, là, maintenant. Les doutes sont balayés.

Il est désormais convaincu que pour cette enfant-là, il est capable de tout. Les paupières du nourrisson papillonnent. Alors qu'il effleure sa paume, la petite main se referme autour de son doigt. *La fille de Rose* glisse dans le sommeil. Lui pleure doucement.

17

Un problème sans solution est un problème mal posé.

Albert Einstein

Après l'école, je rentre chez moi à pied. J'habite en dehors du village, au bout d'un chemin de terre. Je peux marcher le long de la route, la voie la plus rapide. Je peux aussi emprunter un sentier et, cheveux au vent, sillonner les plaines face à la mer. Une version plus lente et solitaire que la première. Celle que je choisis aujourd'hui.

À cette heure, la mer mélange les teintes d'un soleil qui glisse lentement vers elle et d'un ciel dont le bleu s'effrite bientôt. Ni le paysage ni la caresse de la brise tiède ne m'apaisent. Je ne suis pas ici dans cette nature sublime. Je suis avec mes élèves. Je ressasse nos échanges. Je tente d'autres réponses mais l'issue de cette conversation imaginaire reste la même. Les enfants détestent notre école, notre classe, notre temps ensemble.

Je hâte le pas. Dans mon sillage, un nuage de poussière se soulève et atteste de ma trajectoire. Cette cadence ne suffit pas. Je suis assaillie par leurs expressions déçues. Je dévale la pente qui mène à la plage. Ils sont toujours là, en une ronde d'un autre genre, forme asphyxiante qui se resserre autour de moi. Je cours désormais. Dans le sable, je dérape. Ma course est ralentie, mes pieds s'enfoncent et exigent une nouvelle énergie pour progresser. Je jette mon sac au sol et me dévêts. En T-shirt et culotte, je galope comme une gamine jusqu'à la mer. Les voix de mes élèves s'éloignent, leurs plaintes aussi.

Lorsque je plonge enfin sous l'eau, le silence est immédiat. La fraîcheur me possède, me ramène à elle. Il n'y a plus que ma peau qui se tend, mon cœur dont le rythme s'accélère, ce frisson qui parcourt mon échine et me fait involontairement sourire. Je nage sous la surface, je reprends mon souffle avant de m'enfoncer encore. Là, mon hurlement est brouillé. Je tape des poings et des pieds. Je m'abandonne à tout ce que je retiens. Mon corps se débat avec l'eau, il lui file des coups. Je me fatigue mais la colère demeure intacte.

Je voudrais ne pas être tombée. Ne jamais m'être assise en cercle avec eux. Ne pas savoir.

À la maison, je m'attarde sous la douche pour me réchauffer. Je rince mon visage et le frictionne pour gommer les traces de mon chagrin. Je m'enroule dans une serviette et descends. Dehors, la mer est plus chahutée. Une averse la traverse au loin. Ici, la pluie se disperse plus fine sur le jardin. J'allume un feu dans la cheminée. Je remonte me préparer. J'enfile un jean et un T-shirt gris chiné. Dans le miroir, mes traits sont tirés. Je passe plusieurs fois la brosse dans mes cheveux qui ondulent légèrement. Je les noue en une tresse un peu lâche. La couleur de mes iris fluctue. Aujourd'hui, ils tirent vers le vert. J'attrape un crayon noir pour accentuer mon regard. Je mets mes boucles d'oreille, deux petits anneaux dorés. J'inspecte à nouveau mon reflet. Je lui souris. Je fais ce que je peux pour dissimuler la journée écoulée.

La sonnerie retentit. J'attrape un chandail et dévale l'escalier, encore pieds nus.

J'ouvre la porte à Henri. Nous nous installons autour du piano. Dans un ordre qui paraît toujours le même, le rituel se déploie : positionnement des chaises, de la partition, échange de quelques mots, de sourires polis.

J'entame à nouveau le morceau de la dernière fois.

– C'est une *aria* qui travaille l'ouverture de la main, explique Henri.

Il tourne la page de la partition pour que je poursuive ma lecture.

– Il faut garder les épaules basses et ne pas casser les poignets. Voilà, oui, de cette manière, c'est très bien. Tu sens comme tu peux alors mettre plus de force pour percuter les notes ?

J'essaie de me concentrer sur le toucher de l'ivoire, d'y canaliser une énergie qui me déborde. Un instant, je ferme les yeux et j'ai l'impression d'y parvenir.

– C'est beaucoup plus fluide. Ton maintien est parfait. Rejoue plusieurs fois d'affilée cette partie. Tu vas voir, en pratiquant, même les morceaux les plus compliqués deviennent agréables. On s'habitue à tout. Il faut un peu d'entraînement.

Il marque une pause avant de continuer :

– Tu sais, j'ai découvert quelque chose d'intéressant...

Je suspends ma main au-dessus du clavier pour l'écouter.

– Non, non, reste sur ta partition. À ton niveau, on peut parler en jouant.

Je me demande s'il se moque de moi ou s'il est sérieux. Je n'ose pas le regarder pour vérifier.

– Au début, j'arrivais chez mes élèves avec un plan. Comme tu en as sans doute un avec les tiens. Je prévoyais de répéter tel morceau, de transmettre telle théorie... Bref, j'avais une idée précise de ce que j'allais enseigner.

Lorsque je suis à la fin de la portée, d'un doigt, il me propose de lire la ligne suivante.

– Et un jour, j'étais avec une élève qui a de grosses difficultés. Pas quelqu'un avec ton aisance, tu vois ?

Je ne le connais pas assez pour savoir si c'est de l'humour. Je me tourne vers lui pour voir s'il sourit mais, la mine sérieuse, il me renvoie à la partition.

– C'est une élève qui a neuf ans et une grande volonté. Elle peine à se concentrer et a des soucis de motricité. J'avais prévu de travailler avec elle une nouvelle gamme. J'avais imprimé les feuilles. J'étais déterminé comme je peux l'être, fait-il en laissant échapper un rire.

J'acquiesce et, les yeux rivés sur la portée, me débats avec quelques accords supposés plus simples.

– Et ce matin-là, j'ai compris que je passais à côté de mes cours. Je pensais enseigner une matière, une compétence, des gammes, un maintien et, en réalité, je négligeais une autre dimension. Mes élèves m'apprennent quelque chose. C'est différent mais tout aussi important. J'imagine que, pour toi qui es enseignante, c'est l'évidence, en fait...

– Oh, tu sais, à l'école, les cours sont très formatés.

– Ah...

– Notre école est assez classique. Le professeur enseigne, les élèves écoutent... Le système ne permet pas beaucoup de liberté.

– D'accord... Enfin, voilà... Depuis, pour chacun de mes cours, je m'interroge. Je ne veux plus ignorer ce que l'autre m'apporte.

J'ai lâché le clavier et mes mains reposent sur mes genoux. Je le regarde.

– Je me pose cette question chaque fois que je m'assieds ici. J'ai une idée de la réponse mais c'est assez vague.

Il me sourit. Il hésite un instant puis poursuit :

– Cela tourne autour de la colère que l'on porte lorsque l'on se sent impuissant. De tout ce que cette colère contient de possibles. L'épuisement, le combat, le désespoir. L'énergie que l'on peut y puiser aussi. Quelque chose qui nous traverse à un moment ou à un autre.

Je l'observe en silence. Et pour la première fois, je vois ses yeux.

18

Travail de fin d'études – Rose Dallois

Mon mari et ma mère se relaient auprès de nos chevets, alternent les présences silencieuses, la mienne dans le coma, celle de ma fille qui dort souvent. *La fille de Rose* semble calquer son comportement sur le mien. À mon image, elle est calme, elle n'exige rien. Elle ne se plaint pas. Elle ne réclame pas à manger. Elle laisse les autres prendre soin d'elle.

Les Rosas attendent patiemment leur tour pour voir le nouveau bébé de la famille. Elles se succèdent dans la petite chambre de la maternité. Avant moi, elles prennent mon enfant dans leurs bras, avant moi, elles l'embrassent, avant moi, elles découvrent son odeur, la douceur de sa peau, sa façon d'être présente, dans ce retrait léger de celle qui n'est pas encore tout à fait là. Celles qui ont vu mille bébés s'extasient devant le mien.

Regarde Pio, la sagesse dans le regard de ta fille !

On voit que son père lui parle de la vie...

Ses cheveux sont magnifiques !

Oh ses doigts minuscules ! Elle a souri ! Si, je t'assure, elle a souri ! Tu étais probablement distraite mais les commissures de ses lèvres ont bougé. Et quel sourire d'ailleurs !

Elle a vraiment un air de Rosa !

Comme elles l'auraient fait avec moi, les Rosas imposent à Pio de se reposer, de prendre l'air, de leur déléguer son nouveau-né. Il se laisse faire. Un peu.

Plusieurs fois, nos familles insistent pour connaître le prénom. Les Rosas lui rappellent notre tradition. Mais mon doux Pio refuse de choisir seul. Il répond que je vais me réveiller, que ce n'est qu'une question de jours. Ma mère n'est pas aussi confiante mais elle garde ses doutes pour elle. Et en secret la prénomme Rose.

Le lendemain de ma chute, ma mère s'assied sur mon lit avec une détermination nouvelle. Toute la nuit, elle a réfléchi. Elle s'est répété que, comme pour les autres épreuves, la première étape est de l'accepter. L'énergie est une ressource limitée, il faut choisir à quel combat la destiner. Lutter contre l'adversité ou la faire sienne telle une forme inattendue de son destin. Ma mère s'efforce maintenant de m'accompagner différemment. Elle tente de s'habituer à ce quotidien déroutant.

Elle cherche comment me ramener à elle. Dans cet hôpital fait de blanc et d'odeurs synthétiques, sa nature profonde s'exprime de façon trouble. Elle enchaîne bêtement les gestes de notre dernière rencontre. À l'image des routines qu'elle a initiées dans mon enfance, celle-ci poursuit un but. Il ne s'agit plus de préparer le coucher du soir ou de m'apprendre à m'habiller seule mais, comme tous les rituels, il vise à me pousser vers une certaine autonomie.

Ici, ma mère ambitionne de me faire accomplir les choses les plus simples. Ouvrir les yeux, produire un son, susciter un mouvement même infime.

Elle caresse ma main. Elle lui semble plus sèche que la veille. Elle saisit un tube de crème dans son sac et en exprime une noix blanche parfumée.

L'effluve qu'elle étale sur ma peau l'emmène sur notre plage. Elle a l'impression d'être tout entière dans ses deux pouces qui dessinent sur ma paume des ronds approximatifs, elle est aussi tout entière sous le soleil de cette plage de mes huit ans. Les images se mélangent. Elle me voit courir vers elle en riant tout en contemplant mon visage immobile. Dans un même souffle, je me fonds dans ces deux existences, enfant joyeuse, adulte endormie, le même être ballotté par les extrêmes de la vie. La forme verticale et celle horizontale. Un jour lointain et le présent. Le souvenir qui nourrit une heure faite d'attente.

Le visage de mes huit ans lui donne de l'élan. Ma mère se lance dans ce morse imprécis, pressions irrégulières sur ma main molle. Au début, elle procède avec impatience, me scrutant dans l'espoir d'un changement. Puis les minutes s'écoulent et la façonnent. Si elle demeure dans cette urgence, elle va s'épuiser. Comme elle l'a fait cent fois avec ses parturientes, elle doit se plier à la volonté de mon corps. Lui seul peut décider quand il doit se réveiller, lui seul sait quand il est réparé. Ma mère s'oblige à une posture plus humble, il faut moins vouloir et plus accompagner. Accepter cette route invisible dont on ignore la destination.

Elle quitte un instant ma paume désormais sucrée, se concentre sur sa mission, sur la place qui doit être la sienne pour m'aimer là où je me suis réfugiée. Lorsqu'elle renouvelle ses pressions, c'est plus en finesse, comme si elle avait assimilé les diverses manières dont on peut effleurer une peau pour en éveiller l'être. Elle calque sa respiration sur le toucher, tente d'y insuffler ce je-ne-sais-quoi qui émane d'un soi profond. Avec sa main dans la mienne, elle retrace ses épreuves, se raconte dans cette ascension inégale qui suit les chutes d'une existence. À force de présence, elle se mue en ce prolongement de moi-même. Elle efface ma solitude, elle entoure mes mains lourdes de chaleur. Elle me rappelle que, sur l'autre versant, je suis attendue.

Les journées se construisent maintenant autour de cette rencontre différente. Ma mère ne s'assied plus dans l'espoir d'apercevoir un changement. Elle se poste à mes côtés pour traverser avec moi ce temps de flottement. Ces heures qui nous sont accordées par ma trop longue nuit. Ce cadeau qu'il faut chercher dans nos peaux qui se touchent, dans nos corps proches, dans cet espoir intact d'accueillir plus tard une autre forme d'existence. Plus animée, plus sonore aussi.

Nous devenons les exploratrices d'une contrée inconnue, réduite à un lit blanc et aux deux femmes qui y sont accostées.

Et comme chaque fois que l'énergie afflue, il se produit un miracle.

Ce matin, lorsque ma mère ferme les yeux pour être encore plus avec moi, j'ouvre les miens.

19

Il faut toute la vie pour apprendre à vivre.

Sénèque

Lola dort la nuit. Lola dort la nuit.

Tout au long du week-end, pour ne pas songer à mon échec ni à nos retrouvailles le lundi, je fais mien ce mantra d'un autre genre. Mais le dimanche soir, *Lola dort la nuit* ne suffit plus à m'apaiser. D'autant que ce n'est pas *Lola dort la nuit* mais *Lola dort un peu la nuit.* Pas vraiment le goût d'une victoire.

Je m'assieds derrière le piano. Je me lance et joue une portée complexe plusieurs fois d'affilée. Je rate, je peste, je recommence. Je me concentre sur les notes qui défilent sur le papier, puis sur mes doigts qui se meuvent sur le clavier. Tout bas, je murmure la mélodie et l'instrument me renvoie quelque chose qui y ressemble un peu. Je persiste. Je refuse de m'avouer vaincue. J'entame encore la portée et l'effectue mentalement une ou deux fois. Puis, je pose à nouveau ma main droite sur l'ivoire. Lentement, mes doigts mémorisent le chemin et la transe me happe. Ce ne sont qu'une vingtaine de notes mais, en moi, cette mélodie hasardeuse opère. Elle abat quelques murs, infuse mes sens fatigués, enveloppe ce cœur qui lutte mais ne sait pas pour quoi. Dans mon esprit, la bataille connaît une trêve.

Je prends une douche tiède avant de me coucher. Je ferme les yeux. Le murmure des vagues me parvient par la fenêtre entrouverte. Finalement, j'applique ce que j'ai appris. Et je suis certainement un des professeurs les plus patients. Je lâche mes rengaines et m'immerge dans le ressac. L'océan a toujours fait partie de mon existence. Enfant, il était déjà le fond de mes silences et ma berceuse la nuit. Rempart contre la torpeur des après-midi d'été, source d'inspiration, refuge de mes amours déçues. Les yeux clos, la respiration calquée sur son mouvement, je me plonge dans son bleu frais. J'imagine mon corps porté par les flots, léger, les bras en croix et le regard projeté vers le ciel. Mon esprit se calme. Je suis sur le point de m'endormir lorsqu'un souvenir surgit.

J'ai six ans et je suis attablée devant une feuille blanche. Je me penche et la mine glisse, monte, culmine et redescend aussitôt avant de se soulever pour conclure d'un point. En moi, une sensation d'infini. Former ce *i* sur la page annonce la possibilité de toutes les autres lettres. Le pouvoir soudain entre mes doigts. Ce même pouvoir dont je ne sais quoi faire maintenant.

Le lundi, je me lève tôt pour sillonner les champs vers l'école plutôt que de choisir la voie rapide. Une tentative vaine de mettre de la distance avec un moment que je redoute.

J'entre dans une classe vide. Quelques minutes plus tard, mes élèves s'installent face à moi. Sans que je leur demande, ils s'emparent de leur matériel de travail et le disposent sur leur pupitre. Ils me regardent à peine. J'ignore s'ils me regardaient avant.

J'ai une envie subite d'abandonner.

– J'ai bien compris que vous n'aimez pas notre école ni... nos journées ensemble... Le programme scolaire doit être respecté. Je ne choisis pas mon quotidien ici...

– Vous non plus ? s'étonne Jeanne. C'est quand même fou !

– C'est vrai, c'est bizarre, relève Constantin.

– Oui mais c'est la vie, dis-je pour calmer le débat.

– Ben non justement, c'est pas la vie, rétorque Lola.

Son ton n'est pas irrespectueux. Dans ses yeux, un mélange de candeur et de détermination.

– Est-ce que, plus tard, des gens décideront aussi pour nous ce qu'on doit faire ? demande Jeanne.

– Non, bien sûr que non... Enfin, vous pourrez choisir votre métier, vos activités, avec qui vous marier ou non, dis-je, soulagée de revenir à une conversation plus classique.

– Mais maintenant, on ne peut pas ? reprend Constantin.

– Exactement. On ne peut pas.

L'atmosphère semble apaisée. Je m'apprête à entamer la matière lorsque Jeanne lève le doigt à nouveau.

– Mais ces choix qu'on devra faire adulte, ce sont des choix importants ?

– Oui, en effet, Jeanne.

– Le truc le plus important de notre vie ?

– Oui... Un métier, un compagnon de vie, ce sont des choix essentiels, dis-je en appuyant sur ce dernier mot.

– Aussi essentiel que d'apprendre à lire ? insiste-t-elle.

– Je dirais même plus !

– Alors je ne comprends pas...

– Qu'est-ce que tu ne comprends pas, Jeanne ?

Je tapote nerveusement mon stylo contre la couverture d'un livre.

– Ben pourquoi on ne nous apprend pas à choisir à l'école ?

– ...

– Si c'est plus important que de savoir lire, ajoute Jeanne en désignant d'un geste la pile de manuels sur son bureau.

Je devrais rester assise, ouvrir mon cahier à la page d'aujourd'hui et commencer la matière qui nous incombe. Je devrais être tout ce que l'on attend de moi.

Comme tous ceux qui n'ont pas appris à choisir.

20

Travail de fin d'études – Rose Dallois

Ma mère ne remarque pas immédiatement que j'ai ouvert les yeux. Elle poursuit ses pressions délicates, recueillie, dos courbé, yeux clos. Lorsqu'elle découvre mon regard dans le vague, elle peine à assimiler cette nouvelle réalité. Les premières secondes, elle ne parvient pas à prononcer un mot. En silence, elle contemple ce qu'elle n'attendait plus.

Puis, elle murmure mon prénom dans l'espoir que je réponde. Ma bouche reste scellée autour du tube en plastique. Je tousse, je m'agite. D'un geste, elle essuie ses larmes et appelle l'infirmière. Comme mon état est stable, je peux être extubée et transférée dans une chambre individuelle du service de neurologie.

Mon enfant a aussi délaissé sa chambre d'hôpital pour découvrir sa future adresse. J'imagine ce qu'il a fallu de courage à Pio pour franchir seul le seuil de notre maison, notre bébé dans les bras. Mon mari si fort, si imperturbable, avec sa minuscule fille contre lui. Introduire la clé dans la serrure, balayer mon image, éluder le son de ma voix, de mon rire, se forcer à pousser cette porte et commencer cette nouvelle vie sans moi.

Pendant quelques jours, Pio ne vient pas me tenir compagnie. Il se bat avec d'autres démons. Une fois chez elle, ma fille se réveille. Elle n'est plus cette poupée impassible. Elle veut manger, être portée, elle hurle, elle appelle et rien ne semble la satisfaire. Les Rosas affluent, cajolent à tour de rôle, prodiguent multiples conseils à mon Pio. Mais personne ne parvient à apaiser *la fille de Rose.* Elle dort par bribes, siestes courtes et chahutées, puis reprend son combat. Son cri strident couvre la mélodie des berceuses, empêche les histoires, fait écran contre toute voix. Mon enfant ne se tait que pour boire ou dormir.

Un soir tard, Pio embarque le nourrisson pour une visite inopinée, la première depuis leur retour à la maison. Sur le parking de l'hôpital, il enroule une écharpe de portage autour de lui. Il y glisse sa fille dans l'espoir qu'elle arrête de pleurer. Il marche d'un pas rapide. Dans le grand hall, les sanglots résonnent. Dans l'ascenseur, personne ne monte avec lui.

Une fois à mon étage, les pleurs se muent en gémissements. Lorsqu'il ouvre la porte de ma chambre, tout est silencieux. Il la referme immédiatement derrière lui. Il allume la lampe de chevet et tire le fauteuil près du lit.

Il ne m'a pas vue depuis une semaine et me trouve sans doute inchangée. Hormis mes yeux qui s'ouvrent et se referment, aucun autre progrès n'a été enregistré. Mon regard demeure dans le vague, il ne s'accroche à rien. Mes visiteurs en concluent que je dors. Mais avec les yeux ouverts. Mon Pio essaie de ne pas me regarder, il sature de ce regard fixe. Combiné à mon immobilité, il lui fait l'effet d'une morte, lui qui m'a connue si vivante.

D'un geste, il repousse un peu la couverture rabattue sur mon buste. Il enlève notre fille de l'écharpe. Les larmes aux yeux, il murmure. *Je n'y arrive pas. J'ai besoin de toi. Elle aussi a besoin de toi.*

Fatigué, maladroit, usé par les cris, il la dépose sur ma poitrine.

Couchée sur moi, ma fille pleure toujours mais son chagrin se transforme en une plainte plus douce, plus irrégulière, comme si elle me contait sa peine. De loin, j'écoute. J'écoute certainement. Elle remue, cherche ma tendresse. En retour, je lui offre la froideur d'un corps qui ne s'actionne que pour respirer. Elle appelle encore mais plus faiblement. Elle presse sa bouche dans mon décolleté à la façon d'un baiser. Elle rapproche son poing de son visage et le suce avec force pour s'apaiser.

Par instants, elle pousse de petits cris. Elle ouvre les yeux et les lève vers moi. Une moue résignée se forme sur ses lèvres. Mon mari capte cette image. Il voudrait hurler, me secouer, laisser libre cours à sa colère face à mon inertie. Il se rapproche de nous, colle sa tête contre elle, contre moi et pleure.

C'est mon premier souvenir. Les larmes de mon Pio qui roulent sur ma peau, le poids léger et lumineux de ma fille, l'incapacité à faire autre chose que de glisser à nouveau dans la nuit. Et, avec mon silence, de les enfermer avec moi.

Avant de les quitter, mes yeux s'animent et, cette fois, parviennent à se poser sur eux. Je jurerais avoir croisé le regard de ma fille. Enveloppée de cet espoir, je plonge dans l'obscurité.

21

L'imagination est plus importante que le savoir.

Albert Einstein

– Et si vous pouviez choisir le programme de la journée, ce serait quoi ?

La phrase est sortie toute seule. Quelques doigts se hissent.

– S'asseoir en cercle, suggère Constantin.

– Dans les écoles démocratiques, ils votent, explique Jeanne.

– Très bien, votons. Qui veut s'asseoir en cercle pour discuter de ce que nous allons faire ?

Les bras se tendent avec énergie. Nous nous levons pour pousser les bancs. Les pieds grincent sur le sol, les chaises s'empilent, notre classe adopte de nouveaux contours.

– Chacun pourrait partager avec le groupe ce qu'il aurait envie d'apprendre aujourd'hui ? Et puis, on verrait comment poursuivre ?

Ils acquiescent. Je prends mon carnet pour y noter les propositions et désigne l'enfant à ma gauche. Il se redresse immédiatement.

– Moi… je… je voudrais qu'on apprenne des choses… sur les dinosaures ! énonce Constantin.

Les autres écoutent avec une attention particulière. Constantin se tourne vers la fille à sa gauche qui semble attendre son aval pour parler. Il pose une main sur son épaule afin de passer le relais.

– J'aimerais savoir comment on fait l'amour ? Et pourquoi on divorce ? demande Antoinette.

– Moi, je veux tout connaître d'un potager ! Quand pousse quoi ? Qu'est-ce que ces légumes ont de si bon pour la santé ?

Les requêtes se succèdent, des plus évidentes à celles qui le sont moins. Mes élèves veulent apprendre mais leur intérêt se porte sur d'autres sujets que ceux au programme. Ils veulent savoir comment réaliser un fondu en aquarelle, maîtriser la meilleure stratégie pour vaincre leurs parents aux *Colons de Catane*, bâtir une cabane en bois, lire une partition de musique, écrire une histoire, dessiner un continent, parler chinois…

– Je voudrais… J'aimerais beaucoup… commence Louis.

Ses camarades patientent en silence.

– Je voudrais… C'est difficile à dire… Je n'ai pas eu le temps de réfléchir… J'ai peur de ne pas bien répondre, ajoute le garçon en croisant les bras.

– C'est impossible de faire une erreur sur cette question, le rassure Lola.

– Je voudrais apprendre à ne plus avoir peur, lâche Louis en frottant nerveusement ses mains l'une contre l'autre.

Il donne la parole à Lola mais elle reste silencieuse. La fillette marque une pause. Elle se tourne vers Louis et le regarde dans les yeux.

– Moi, j'aimerais deux choses. Est-ce que je peux ? me demande Lola.

Je m'apprête à répondre quand Jeanne montre du doigt notre cercle me rappelant que c'est lui qui décide.

– Êtes-vous d'accord pour que Lola partage deux souhaits avec nous ?

Une courte majorité vote pour. Lola réfléchit un instant.

– Je voudrais qu'on apprenne... Je voudrais qu'on apprenne Louis.

L'ascendance de Lola sur les autres est palpable. Ils sont penchés vers elle, le corps en attente.

– C'est vrai, on dit toujours que Louis ne comprend rien mais nous... Est-ce qu'on a essayé de le comprendre ?

Lola passe un bras autour des épaules de Louis qui rougit. Elle reprend :

– Je crois que si on prenait vraiment le temps... eh bien on serait surpris.

– C'est parce que tu es amoureuse de Louis, lance Constantin.

– Bien sûr que j'aime Louis, répond Lola avec aplomb.

Louis est encore plus rouge qu'une minute auparavant.

– Et mon second rêve... commence Lola.

Elle attend que ses camarades soient à nouveau attentifs. J'observe Lola, son maintien, ses mains qui s'animent quand elle parle, la façon dont son sourire illumine ses traits. Sa beauté pure et entière.

– Mon souhait, ce serait de danser. Avec vous tous. Vivre un truc incroyable. Ensemble. Une fois.

Ses mots allument des étoiles dans les yeux des élèves. Nous devons choisir les vœux qui seront exaucés aujourd'hui et je sais déjà que Lola a gagné. J'ignore quelle transition est possible entre notre liberté de ce matin, cette ouverture qui se dessine sur les visages de mes enfants et le programme auquel il faudra bien se soumettre après. Je ne sais pas non plus comment justifier auprès des autres, les parents, les professeurs, le directeur, la nouvelle dimension qu'a prise notre classe. Je suis déjà bien incapable de trouver une raison valable à cette danse sauvage mais certaine qui va se matérialiser ici.

Dans cet univers où nous avons toujours été assis.

22

Travail de fin d'études – Rose Dallois

Je ne me souviens que par bribes de ces journées qui s'écoulent avec lenteur, de ce quotidien qui se répète et s'ancre dans ma peau. Quand je suis consciente, j'occupe chaque seconde à chercher le chemin vers cet extérieur. Je veux construire un pont vers les autres. Avec cette volonté nouvelle de choses simples, le bonheur d'être vivante est multiplié. Il éclate dans ces quelques minutes de conscience légère et enveloppe mon expérience.

Lorsque ce moment se prolonge, j'imagine les mots que je voudrais articuler. La sensation de ma langue lourde, au repos dans cette bouche qui ne sert plus qu'à respirer, me ramène à la réalité. J'aligne les lettres. Dans ma tête, les sons s'enchaînent avec fluidité. Parfois, je jurerais avoir entendu ma propre voix. Dans un murmure étrange, plus proche de celui de la bête que de l'être humain. Sur ma langue, je rejoue la chorégraphie des mots que je rêve de prononcer tout haut. Mais seul le silence me répond.

Cette après-midi, ma mère humecte mes lèvres à l'aide d'un coton imbibé d'eau. La fraîcheur, repère dans la pierre qu'est devenu mon corps, m'aide à trouver ma voie. Je m'amuse à canaliser mon énergie vers ma bouche. Je la sens affluer sur mon visage, picoter par endroits. Je me concentre encore pour qu'elle se matérialise dans ma gorge, actionne ma mâchoire. Je le veux de toutes mes forces. Mais rien. Ma mère me raconte sa matinée. Je saisis au vol quelques mots. Ils se mélangent avec d'autres, la confusion en brouille la signification. J'aime la voix calme de ma mère et l'évidence avec laquelle elle émet tous ces sons.

Mon état offre à mes souvenirs un autre souffle. Avant, je pouvais marcher, rire, crier, danser. Je me vois encore vivre toutes ces choses. Et ne leur accorder que peu de valeur. Maintenant, mon voyage se déroule dans l'intimité de mon corps, à bord de ce lit. Parcourir ces jambes que ma mère masse patiemment, suivre la course de ses caresses, puis disparaître dans ma nuit. Revenir encore. Avancer lentement vers mon buste. M'y attarder. Le trouver vide. Sonder le brouillard en quête de la joie de mes premiers éveils. Voler sur mes bras, courir jusqu'à mes mains. Au creux de mes paumes, éprouver le manque. Avoir envie de pleurer et ne pas en être capable.

Heureusement, le soir revient. Et avec lui, le ventre de ma fille contre le mien. La magie de nos peaux qui se touchent. Le miracle d'être mère, même une mère comme moi.

Sa chaleur efface mon désespoir. Je ne suis plus ici avec ce corps immobile, je suis avec toutes nos futures rencontres. Je suis avec elle à un an, lorsqu'elle fait ses premiers pas, je lui tiens la main et nous avançons avec ses cinq ans, ma fille aux longs cheveux ondulés danse devant moi et les années étirent sa silhouette, façonnent son visage en celui d'une adolescente, elle tourne sur elle-même et je découvre une femme qui me ressemble. Ce moment n'est qu'un moment. Fraction infime d'une vie. Depuis ce lieu, nous allons grandir.

Soudain, il y a son cri. Il se fraye un chemin en moi, percute mon cœur, l'illumine ou l'assombrit, je l'ignore. Un murmure confus que je voudrais livrer à mon mari. Ma fille hurle encore et je voudrais hurler avec elle. Ma saturation de ce dialogue sans fin. La joie que je n'ai plus envie de chercher. Les instants de conscience qui deviennent des prisons. Cette volonté qui croît.

Bouger. Parler. Vivre.

23

Celui qui aime apprendre est bien près du savoir.

Confucius

Ce matin, le temps se coule en une forme joyeuse, accélérée, vaporeuse. Après le tour du cercle, nous choisissons ensemble les sujets à explorer parmi les propositions faites par le groupe. Au tableau, ils sont retranscrits pour n'en oublier aucun. Pour sauvegarder un semblant d'apparences, nous avons replacé les bancs et les chaises à leur place. Nous sommes tous assis à nos tables. Dans mon dos, juste au-dessus de ma tête, on peut lire un *faire l'amour/divorce* sous *jardinage*. Des histoires de graines en somme.

Je demande à un élève de lire le premier point. Il le prononce d'une voix claire et forte. *Les dinosaures.* Un instant de flottement suit. Nous nous observons en silence. Chacun attend que l'autre bouge. Eux, parce que je suis la maîtresse. Moi, parce que nous sommes en démocratie et qu'en démocratie, ma voix a une valeur égale à celle des autres, même lorsqu'ils font la moitié de ma taille.

– Alors, personne ne connaît les dinosaures ? dis-je en sondant la classe.

Ils me regardent, surpris.

– Les di-no-sau-res ? dis-je en articulant exagérément.

Plusieurs enfants trépignent.

– Mais bien sûr, moi, je connais tout des dinosaures, lance Constantin avec une assurance qui me fait sourire.

– Mais alors pourquoi as-tu proposé d'en apprendre plus sur eux ?

– Parce que j'adore en parler !

– Ah...

– J'ai le droit de faire un exposé ?

J'acquiesce et Constantin se lève d'un bond pour rejoindre l'estrade.

– Je peux ? demande-t-il avant de s'emparer d'une craie.

Il replie un pan du tableau et entreprend de tracer trois grands cercles. À l'intérieur de chacun, il dessine différents dinosaures. Son trait est sûr. Il avance avec une précision que je ne lui connais pas, lui qui peine avec les exercices de graphisme les plus basiques. Ses camarades l'observent avec une attention soutenue. Au fil des formes qui apparaissent, je reconnais les familles de dinosaures, classés selon ce qu'ils mangent. Constantin s'interrompt et recule d'un pas pour admirer l'ensemble, puis poursuit son œuvre, appliqué.

– Voilà ! annonce-t-il, visiblement satisfait.

Il se retourne et, tel un professeur face à son auditoire, adopte une posture plus adulte :

– Alors, commençons tout de suite avec la question la plus compliquée lorsque l'on parle de dinosaures...

Mes élèves se penchent en avant, avides.

– Quel est votre dinosaure préféré ?

Ils éclatent de rire. Tous les doigts se hissent.

– Très bien, très bien... Je sais que ce sujet est passionnant mais je veux de l'ordre dans ma classe, fait-il en m'imitant.

Les rires redoublent.

– Ne vous inquiétez pas, vous aurez tous la possibilité de nous parler de votre dinosaure préféré !

Constantin est métamorphosé. Je ne crois pas l'avoir jamais vu ainsi.

L'après-midi se poursuit comme la matinée. Nous avançons avec le même émerveillement que si nous étions des aventuriers dans la jungle. Mes élèves participent autant qu'ils peuvent. Ils partagent ce qu'ils connaissent. La vali dité des informations varie. Je devrais préciser l'un ou l'autre propos mais je me retiens. Il y a quelque chose qui me fascine dans cette dynamique renversée. Avec ce flux du savoir qui n'est plus à sens unique mais devient multiple, nourri par d'autres, les cerveaux sont en ébullition. Mes petits blasés veulent maintenant tout connaître.

Nous parcourons ce programme avec une fluidité surprenante. Pour vérifier les informations énoncées, nous ouvrons des livres, nous notons d'interroger un parent spécialiste en la matière ou de chercher un expert.

– Le prochain sujet est *apprendre Louis* ! dis-je, sans trop savoir à quoi m'attendre.

Les enfants se taisent. Louis se redresse sur sa chaise. Je reprends, peu sûre de moi.

– Comment peut-on... enfin je veux dire... comment pourrions-nous apprendre Louis ?

Un doigt se lève.

– Antoinette ?

– Peut-être que Louis pourrait nous raconter qui il est ? Pour commencer...

– Puis, on pourrait compléter ? Enfin ses amis pourraient ajouter d'autres détails ? propose un autre.

– Mais il ne faut pas perdre de vue le but, interrompt Lola.

– Qui est... ?

– De comprendre Louis ! rétorque-t-elle.

Quelques élèves acquiescent. D'autres ont baissé la tête et jouent distraitement avec un crayon ou la tranche d'un cahier. Dehors, la pluie vient frapper les carreaux et coule en larmes sur les vitres.

Je tends une main vers Louis, qui se lève aussitôt. De taille moyenne, il marche le dos légèrement voûté. Je songe à ce que la posture de ceux qui nous entourent raconte. Ses cheveux châtains tombent en boucles qu'il repousse souvent. En secret, je l'appelle le *petit prince*. À cause de sa chevelure un peu sauvage, de son côté rêveur. Les raccourcis qui se forment, les étiquettes qui sont si tôt attribuées. Les brebis galeuses sacrifiées.

– Peut-être qu'il pourrait s'asseoir à votre place puisque c'est lui qui donne cours ? suggère Jeanne.

Je cède ma chaise à Louis et il s'installe à ce bureau trop grand pour lui.

– Si tu préfères, tu peux rester debout, lui dis-je avant de me poster en retrait.

Il secoue la tête. Je m'assieds sur un tabouret contre le mur. De ce point de vue, ma classe m'apparaît comme dans un film. Je suis spectatrice. J'essaie d'éluder toutes les conséquences de ce moment. Les questions éventuelles des parents, des autres professeurs, les attentes nouvelles de mes élèves. J'ignore encore ce que je ferai de tout cela. Je n'ai pas de solution. Aucune réponse valable non plus. Ni pour eux ni pour moi.

– Bonjour tout le monde...

Louis marque une pause et se tourne vers moi.

– Je dois être honnête ? me demande-t-il.

– Bien sûr, dis-je, de plus en plus curieuse.

Il se replace face à son public et hésite encore avant de se lancer :

– En fait, j'ai l'impression qu'il existe deux Louis.

Il se concentre pour ne pas buter sur les mots.

– Il y a le Louis que vous connaissez... celui... celui dont on se plaint qu'il est lent, qu'il a des difficultés, qu'il ne comprend pas comme les autres... qui est... bref qui ne fonctionne pas... pas normalement.

Mon cœur se serre.

– Enfin c'est le Louis dont on... on... parle. Les maîtresses... Vous aussi. Vous chuchotez mais je vous entends.

Il s'interrompt à nouveau, nous laissant face à ce constat. Ses paroles planent un instant et donnent à notre classe un autre visage.

– Puis, il y a le Louis que je connais.

Ses traits s'illuminent.

– Celui qui va à toute vitesse, celui qui adore apprendre. Parce que, peut-être que vous ne me croirez pas, mais... tout m'intéresse. Je veux tout savoir.

Louis joint les mains sur le bureau. Son phrasé est plus fluide. Il semble confiant.

– Parfois, j'imagine même que je suis un super-héros, qu'il y a une catastrophe et que je vous sauve tous... parce que je vous aime bien... et aussi parce que je suis si fort et si rapide !

Il pousse un soupir avant de conclure :

– Alors quand je vous écoute parler de votre Louis, je tombe toujours de haut. J'ai envie de pleurer. Je ne comprends pas. C'est comme si j'étais invisible. Parce que vous ne voyez pas le vrai Louis.

Le spectacle de ma classe est inattendu. Face à mon *petit prince*, les autres enfants sont médusés. Le malaise succède à la surprise et persiste pendant plusieurs minutes.

J'ignore si Louis nous a offert une bonne leçon sur qui il est, mais la leçon d'humanité qu'il nous sert est radicale. Elle surpasse tous les cours de morale sur la bienveillance. Elle déconstruit en quelques points l'évidence. Elle pousse les tables et les chaises et nous assied tous au sol avec lui, sans même que nous bougions.

Elle nous révèle que nous pouvons tous être Louis. Personnalité fluctuante aux traits multiples, dépendante de qui la porte, au gré de la bouche de qui la raconte.

Nos carapaces dissimulant autant de trésors.

24

Travail de fin d'études – Rose Dallois

Sur le mur face à mon lit, le soleil dessine des taches roses. Ces dernières heures, j'ai plongé dans le noir. Je ne me rappelle rien. Je ne pourrais pas affirmer que ma mère est venue. Je ne sais rien de ses confidences. Des mains m'ont touchée, sans doute. Mais elles ont glissé dans une forme d'oubli. De même que cette journée. Une journée en moins, c'est beaucoup.

Aussitôt, pour me rassurer, je songe à toutes les autres gaspillées. Celles à attendre quelque chose d'important, celles qui se faufilent dans une grande fatigue, celles qui se vivent en apnée, course folle pour aligner une liste de tâches trop longue. Je me vois choisir à la hâte un vêtement ou un aliment, avaler tout debout, marcher vite, m'impatienter du retard d'un train, être déjà dans l'instant d'après, traverser mes journées en coup de vent, m'essouffler, me perdre et puis, enfin, m'écrouler. Je souris de cette vie-là. D'avoir voulu tant faire et d'accomplir désormais si peu.

Ce soir, Pio paraît distant. La façon dont il dégrafe ma chemise de nuit, l'absence de caresse. Je le quitte un instant. Le noir profond. Je reviens à nous, à lui et son ton froid. Sa main qui ne s'attarde pas. Ses baisers qui me manquent. Je voudrais m'excuser même si je ne sais pas de quoi. Être celle qui, sans connaître sa faute, dit *pardon*, comme on le fait parfois lorsque l'on s'aime.

Dans sa poussette, mon bébé pleure doucement. Pio se dépêche. Ses gestes sont efficaces, nos nuits impudiques s'éloignent encore. Je l'entends parler d'une voix plus tendre à notre fille. J'ai l'impression qu'il murmure un surnom. Une question me glace. M'attendent-ils encore pour lui donner un prénom ? Ou bien l'ont-ils prénommée Rose selon la tradition ? Depuis mon lit, l'appeler autrement m'apparaît soudain essentiel. Cela signifierait que je suis revenue.

Une forme semble voler au-dessus de moi. Elle plane un instant puis se rapproche. J'accueille mon enfant avec ce que je peux. Avec mon rien qui devient tout. Je tente de regarder notre monde depuis ses yeux. Je me demande comment une mère immobile peut être perçue par un nourrisson aussi vigoureux. Elle ouvre la bouche et, dans mon décolleté, sa salive me chatouille. Mon mari revient vers nous. J'entends ses soupirs, son pas plus lourd. Je voudrais m'attabler avec lui, allumer des bougies, nous servir un verre de vin. Lui demander ce qui coince là pour lui.

Je retourne à ma fille qui se révolte contre mon corps figé. L'indifférence de sa mère, sa prison à elle. Elle tape avec son petit poing. Sa force m'émeut. Je crois que mon mari nous regarde. Je crois qu'il pleure.

C'est le moment, là, maintenant.

Il le faut.

C'est mon pardon. Mon rien, mon tout qui se transforme à nouveau. Il se faufile le long de mon bras, dans ma main, dans cet annulaire orné de mon alliance. Ce doigt qui vient de bouger et, dans son sillage, cette main qui effleure notre enfant d'une première caresse.

25

Ce que nous devons apprendre à faire,
nous l'apprendrons en le faisant.

Aristote

Lorsque les premières notes résonnent entre les murs de notre classe, je ne suis pas prête pour la révolte qui se prépare. Nous avons poussé les tables et les chaises sur les côtés. Sur le parquet ancien, les petits pieds se placent dans une disposition différente. Chaussettes bleu clair et paires de chaussures cirées éparpillées sur les lattes vieillies. Debout, ils attendent un signal. Un premier pas vers notre liberté. Le mien.

Je reste immobile. Je sais ce que mon corps en mouvement est sur le point de déployer, la folie contenue dans ces rangées de bancs, une soif terrible. Je lève lentement les bras vers le ciel, m'apprête à transformer des élèves dociles en une meute d'un nouveau genre. Un frisson parcourt ma colonne. La peur, l'excitation, l'émerveillement.

Sous des dehors enfantins, quelque chose de plus sérieux se dessine. J'essaie de ne pas songer à la musique qui glisse sous la porte et se diffuse dans le couloir. Heureusement, la classe à côté de la nôtre est absente pour le cours de gymnastique.

Ils m'observent. Ils n'osent pas encore. Faire tout ce que nous n'avons jamais fait ici. Oublier les règles, les attentes et toutes les injonctions qui nous réduisent parfois à des statues de pierre. Mes mains sont au-dessus de ma tête et, avec la musique, vibrent d'une frénésie nouvelle. Je souris. Mes élèves sont presque statiques. Sauf Louis qui frappe les mains en cadence.

Ses camarades se balancent maintenant, quelque chose de subtil. Une main invisible les retient. On ne passe pas d'un monde à l'autre comme cela. Louis s'avance vers moi. Soudain, son torse ondule en une vague. Je l'imite et ajoute les bras. Nous sommes deux vagues qui se font face. L'ardeur gonfle les cœurs, bientôt les autres se joignent à nos remous. Notre groupe n'est plus qu'oscillations joyeuses, désordre organisé, douce mutinerie. Dans cette chorégraphie singulière, la secousse se propage entre les chairs, en une ronde endiablée. Nous tremblons au tempo de la musique, flux et reflux de jambes et de bras, rires, peaux qui se touchent, soulèvement en germe.

Sous l'impulsion, je tourne sur moi-même et mes gestes se fondent dans cet océan que nous avons créé. Là où, quelques minutes plus tôt, il n'y avait encore rien de ce trouble, il est désormais partout. En moi, dans mes élèves de sept ou huit ans, dans cette musique que l'on entend sans doute et qui annonce qu'ici, on apprend autre chose.

Portée par ma classe, je ferme les yeux et m'abandonne à ce réveil sauvage. Je danse comme j'ai rarement dansé.

Je danse comme un enfant. Mue par la légèreté d'un monde où tout est possible. Je danse comme si plus rien d'autre ne comptait. La chaleur me gagne et, avec elle, un désir d'une puissance inouïe. Danser tous les autres matins.

26

Travail de fin d'études – Rose Dallois

Après avoir effleuré le dos de mon enfant, j'entends le cri de joie de Pio.

Je veux bouger encore mais le noir a empli ma chambre. La nuit se prolonge plusieurs jours. Comme si l'énergie qu'il m'avait fallu pour ce mouvement ridicule avait épuisé mon corps tout entier.

Le matin suivant, les Rosas traversent le service, vêtues de leurs robes longues colorées. Sur leur passage, un effluve de lavande. Le ventre de mon hôpital soudain fleuri. Elles affluent dans ma petite chambre, étirant les heures de visite, gonflant au maximum le nombre de visiteurs autorisé. Elles sont cinq autour de mon lit. Elles s'installent sur des chaises, des tabourets ou sur mon matelas. Le dos droit, concentrées sur leur mission. Réveiller celle qui dort depuis trop longtemps.

Là où seules les mains de ma mère ont parcouru ma peau, celles des Rosas sont désormais partout. Elles caressent mes bras pour en appeler le mouvement, elles massent plus vigoureusement mes mollets, mon crâne, elles imaginent activer des points, séquence magique pour libérer mon cerveau de l'emprise du coma. Elles ont l'habitude d'accompagner une femme sur son chemin vers la délivrance. Elles ont cette connaissance intime de l'autre, la force dans les mains, la patience aussi. Elles chantent, elles se recueillent, elles partagent leurs histoires. Elles ne parlent pas au-dessus de mon corps, comme si j'étais absente. Elles m'incluent.

Leur conviction les pousse vers ce lit qui me retient. Elles sont dans une attente différente. Les Rosas peuvent s'offrir le luxe de faire avec ce dont mon corps est capable. Et aujourd'hui, mon corps n'est capable que de cela. Respirer, faire battre un cœur, irriguer son système, digérer, avaler, se réparer aussi. C'est dans cette abondance qu'elles se partagent mes journées, en fonction des rendez-vous avec leurs patientes et des accouchements.

Accoucher là-bas, accoucher ici mais beaucoup plus lentement.

Une après-midi, je m'éveille. C'est la première fois depuis ma rechute. Je voudrais ouvrir les yeux mais n'y parviens pas. Un champ de lavande, les paumes tièdes sur ma peau, des murmures qui ressemblent à des prières. Je pense être morte. Mais celles qui me touchent me racontent autre chose. Mon corps s'anime sous leurs doigts agiles. Il reçoit, il s'ouvre, il espère avant de partir encore.

Les vibrations me ramènent ici. Une complainte qui oscille dans les graves, des pas en cadence. Leurs voix s'élèvent en un chant étrange. Une mélodie que je ne connais pas. Une partition d'un autre temps. Elles scandent des syllabes qui ensemble ne signifient rien pour moi.

Peut-être qu'après tout, nous sommes une bande de sorcières et que leur refrain est destiné à me guérir. Je les imagine tourner autour de moi, frapper dans les mains, répéter plus fort ces formules magiques. Et y croire.

Les jours suivants, je reviens au monde plus souvent. Je les entends me parler.

– Ne t'inquiète pas, ma Rose. Laisse-toi le temps de te réparer. Tu as toujours été si pressée pour tout.

Le rire de ma tante comme si rien n'était grave. Je m'abandonne au nuage qui m'emporte encore. Ma fille me manque. Je veux m'accrocher au réel, rester avec le chant des Rosas. Je m'imprègne des paroles prononcées, j'essaie même de sourire de ma hâte. J'ignore que je suis dans ce lit depuis trente-deux jours.

Lorsque j'émerge à nouveau, une lumière fulgurante me grille la rétine. Je crie, surprise par la douleur et, sur mes cordes vocales au repos, mon cri se mue en un grognement.

Mes yeux s'habituent et, devant moi, la silhouette de Pio se dessine.

Je le regarde, il me regarde et, un instant, nous sommes figés par cette rencontre.

Pio s'approche du lit, se penche et m'entoure de ses bras. Ma bouche dans son cou, moi dans son odeur, nos corps unis, sa voix qui vibre contre moi. J'essaie de prononcer un mot. Je veux lui demander pardon pour ce je-ne-sais-quoi qui le fâchait l'autre soir. Pour nos vies qui se déroulent à l'envers. Je pousse ce mot vers lui, je soulève ma langue trop lourde, je songe aux lettres, au claquement du *p* sur mes lèvres, à combien cela ressemble à un baiser. Ma bouche est maintenant contre sa joue. J'essaie de la remuer pour produire ce son qui me fait tant envie. La respiration hachée de Pio, ses larmes qui s'égarent et se mêlent aux miennes, son buste chaud qui pèse sur moi. Nous sommes à nouveau ces jeunes amoureux qui s'abandonnent à leur première nuit. Son corps fond dans le mien, lui offre le souffle dont il manque. Nos courbes se mélangent, forment la ligne droite de notre amour retrouvé.

Je parviens à ouvrir un peu les lèvres et la saveur de mon Pio m'émeut. Je tente d'y concentrer l'énergie nécessaire pour impulser ce *p*. Il se prépare, je le sens gonfler en moi. Une lettre pour raconter ces semaines d'attente, mon désir fou pour mon mari et toutes les révélations surgies sur le drap blanc de ma nouvelle demeure.

P comme pardon, Pio, papa, pourquoi, parce que, patience, pouvoir, prendre, petite, partir, promesse, plaisir, pas, pressée.

Il s'envole en un baiser, prolongé par un *a*, le reste du mot se perd. Peu importe, Pio me regarde.

Dans son iris gravé d'or et d'émeraudes, je lis nos combats.

Et combien nous sommes aptes à nous relever.

27

L'énergie est la joie éternelle.
William Blake

La musique nous entraîne dans cet autre lieu. J'ouvre les yeux sur mes élèves. Ils bondissent, tournoient sur eux-mêmes, rient, prennent la main d'un autre, l'embrassent, corps déliés, animés par notre liberté. Je les regarde et je comprends que c'est exactement tout ce que je veux. Ce quelque chose que je ne peux nommer mais qui nous transforme.

Ce ne sont pas juste nos postures délaissées, eux assis derrière un banc face à moi debout. Il y a plus. Plus même que l'égalité qui règne maintenant. Et dans cette minute de grâce, cela me paraît évident. Je ne peux être institutrice que de cette façon-là. D'une manière qui rend les chutes anodines et les enfants maîtres de leur existence.

Je m'apprête à baisser le volume de la musique pour opérer une transition douce vers un programme plus classique lorsque mon attention est attirée par le fond de la classe.

La porte s'ouvre.

Madame Joséphine se matérialise sur le seuil, le visage blême. Entre nous, mes élèves forment une ronde folle et poussent des cris. Les bras ballants, nous nous contemplons quelques secondes.

Madame Joséphine plonge une main dans sa poche et saisit un mouchoir. Elle s'éponge le front tout en m'observant avec étonnement.

Je me précipite pour éteindre la musique et mes élèves s'immobilisent avec le silence.

– Nous faisions trop de bruit peut-être ? dis-je le plus innocemment possible.

– Mais c'est une bande de... de...

– Brebis ? dis-je sans pouvoir m'empêcher de sourire.

– Madame Ella, moi qui vous prenais pour une professionnelle... Ces enfants qui gigotent au lieu de travailler... Vous qui vous moquez... lâche Madame Joséphine avec dégoût.

Mes élèves, aux joues rouges et aux mèches plaquées par la sueur sur le front, me lancent des regards inquiets. Je les trouve plus adorables que jamais. Coupables avec leur maîtresse. Pris sur le fait tous ensemble.

J'essaie de rester sérieuse mais la réalité adopte un tour étrange. Madame Joséphine prend une forme différente. Mon cerveau grossit encore le trait et l'imagine avec des bras trop longs, pendants jusqu'au sol, une langue de la même taille et dont la couleur bleue laisserait une trace sur son passage. L'effet est immédiat. Je veux ouvrir la bouche pour prononcer une parole apaisante, m'excuser pour le bruit, offrir une logique qui manque visiblement à la situation. Je veux tout cela mais c'est un fou rire qui jaillit. Une vibration qui vient du ventre, me traverse et se déploie entre nos murs, tel un cri retenu trop longtemps. Je ris comme je pourrais pleurer, avec soulagement. Au loin, la voix de Madame Joséphine s'époumone encore.

Je reprends mon souffle, je voudrais me calmer mais l'incrédulité de Madame Joséphine me fait repartir aussitôt. Je ris de moi. De cet acharnement à vouloir être parfaite pendant des milliers de journées pour tout lâcher en un instant. Je superpose la femme que j'ai été à celle qui glousse sans pouvoir se maîtriser. Deux femmes en miroir. L'une rigide, fatiguée, éteinte. L'autre aventurière, exposée, tout en failles et liberté. Je me rappelle que ces deux femmes sont la même.

Et dans ce bordel soudain qu'est ma vie, je suis heureuse.

28

Travail de fin d'études – Rose Dallois

De mon coma, je me rappelle de peu, d'une énergie qui gronde et secoue les fondements de mon être. Je raconte mon histoire mais, pour être honnête, j'ai l'impression de rapporter celle d'une autre. Avec le coma, il y a un phénomène de dissociation qui malmène les souvenirs. On est là mais on n'est pas là. Un pied ici, un pied presque là-bas. Je livre ce récit, vieille et touchante porcelaine ébréchée. Il est authentique mais incomplet. Il est tout ce que j'ai.

La parole revient, imprécise, volatile. J'ai une idée claire de ce que je veux exprimer mais, quand j'ouvre la bouche, les mots sont capricieux. Les lettres semblent désorganisées. Elles flottent sur mon palais, sortent à côté, troublées par le son d'une autre, mélange qui brouille la compréhension. Je le vois bien. Même si mon interlocuteur me fixe, souriant comme si je venais d'accomplir un exploit, il ne comprend rien à ce que je raconte. Malgré tout, le moindre mot, même décousu, même mâché, est accueilli avec la joie que convoque tout grand événement. Les premiers pas, l'annonce d'un mariage ou d'une grossesse. Les premiers mots. Pas ceux d'un bambin, les miens.

Je m'entraîne à répéter les mêmes. Six mots seulement. Je bute toujours sur la fin. Lorsque je lance le premier, il est chargé d'une énergie puissante, celle de l'espoir de l'articuler tout entier. Au fil des lettres, mon optimisme s'étiole et se dissout avant d'avoir pu terminer. Je crée une langue nouvelle, faite de mots inachevés, perdus, un peu comme moi. Mon élan faiblit. L'enthousiasme se mue en rage. Je postillonne, je claque ces lèvres inaptes, je deviens rouge d'un effort qui ne mène à rien.

Pio s'est assis à mes côtés. Il m'observe me battre avec moi-même, sa bouche flanquée d'un sourire béat. Il s'émerveille là où je fulmine. Il m'encourage comme si nous étions capables de progrès. Il m'énerve presque à être aussi heureux.

La gratitude à mon réveil s'est estompée. Je plonge dans les affres de l'invalidité et me balade désormais en compagnie de toutes ses copines, l'impuissance, l'insuffisance et la conscience de ma médiocrité.

Je m'endors insatisfaite et, dans mes rêves, le combat se prolonge. Ces six mots si simples, toujours les mêmes, se dessinent dans la nuit. Je les prononce dans mon sommeil. Ils m'obsèdent. Ils forment une phrase, un message, un pont que je dois construire pour livrer une information importante.

Depuis mon retour la veille, j'ai anticipé ce moment où l'on déposerait enfin mon enfant dans mes bras. Lorsque la porte s'ouvre ce soir, je suis fébrile. Pio fait entrer la poussette dans la chambre. Je tente de bouger la tête pour l'apercevoir. Mon mari m'aide à me redresser. Il dispose quelques coussins, hisse les barreaux de mon lit et y place des oreillers en un cocon de sécurité pour mère maladroite. Il m'agace à prendre son temps. Je trépigne. Je veux toucher mon bébé, sentir son odeur. Enfin le regarder dans les yeux.

Je lui jette des *Dépêche-toi* qui sortent en *Et-ehe-toi.*

Amoureux, il me répond : *Moi aussi, je t'aime.*

Il me sourit. Comme avant. Et un instant, je me demande s'il m'a comprise. Dans ses yeux, je lis l'amusement de nos petites disputes d'autrefois, son ton moqueur, sa façon de m'indiquer gentiment le contour de ses limites. Nous sommes à nouveau un couple. Il est Pio et je suis Rose. Sans comprendre ce qui m'arrive, mes lèvres tremblent, s'étirent, se meuvent en un rire étrange mais réel. Il éclate de rire aussi.

Il s'approche et murmure à mon oreille.

Tu n'as jamais su attendre.

Son phrasé lent, sensuel, me ramène à la danse de nos corps nus. À ces siestes voluptueuses après une matinée à la plage, au goût du sel sur son torse, à la musculature légère qui gonfle sous sa peau. À l'homme que j'aime et qui m'embrasse maintenant dans le cou.

Ma fille pépie dans sa nacelle. Pio la prend et la pose dans le creux de son bras. Je la trouve grande. Personne ne m'a dit combien de temps je suis restée dans ce lit. Je la détaille et ne peux m'empêcher d'éprouver une pointe de colère. Je me ravise. Ce moment est important. C'est de la joie que je devrais ressentir. Mais ses jambes longues, son visage épanoui, son maintien aussi bon que le mien, semblent être ceux d'un bébé de plus d'un mois, au moins.

Je ferme les yeux pour retrouver mon calme. J'essaie de ne pas songer au temps perdu, aux traits de mon enfant, paysages en constante mutation après la naissance et dont je ne connaîtrai rien.

– Je te présente *la fille de Rose*. Je sais que toutes les femmes de ta famille se prénomment Rose mais je voulais attendre ton réveil pour... savoir...

La voix de Pio me ramène à nous. Il se penche pour la placer contre moi. Elle gigote, geint, les yeux clos. Tout bas, je la supplie de se tourner vers moi. Je ne veux plus gaspiller une minute. Je m'efforce de baisser la tête et parviens à l'effleurer avec mes lèvres. Les larmes montent. Un grand bonheur teinté d'amertume. Je voudrais que notre rencontre soit parfaite. Mille fois, je l'ai imaginée. Enceinte, puis allongée ici.

Soudain, je me souviens de mes six mots, cette mission que je me suis donnée. Je me raconte qu'avec cette phrase importante, mon enfant va ouvrir les yeux. Je dois lui signifier que je suis là. Elle bâille. Je me concentre sur le premier mot. Je répète les autres tout bas. Dans ma bouche, j'actionne ma langue pour former cette chorégraphie inédite. Pio a approché sa chaise et pose les coudes sur le lit. J'essaie de puiser mon courage dans son regard.

Lentement, j'articule. Au lieu de courir, je prends le temps d'exister dans chaque syllabe, de percevoir leur vibration sur mon palais et la façon dont elles vont percuter mon monde dehors.

Je... veux... appeler... notre... fille... Ella.

29

Il n'y a que deux façons de vivre sa vie : l'une en faisant comme si rien n'était un miracle, l'autre en faisant comme si tout était un miracle.

Albert Einstein

Avec mon prénom, j'ai parfois craint d'être un point décalé, seul, quand tous sont unis dans une lignée impeccable. Mais quatre lettres plutôt que quatre autres ne changent rien au sang qui coule dans mes veines. Deux voyelles et deux consonnes dans chaque cas, une musique distincte mais tout aussi courte. Ella, Rose.

Un autre prénom, puis un autre métier aussi. Aucune des Rosas n'a tenté de me dissuader. Il y a eu certaines interrogations, dites ou tues. Peut-être une remarque. Je n'en suis même pas sûre. Avec ce prénom, ma mère avait ouvert la voie.

Ce jour de notre danse, même décalée, même différente des femmes de ma famille, je connais la puissance de celle qui est à sa place. Tout est juste. Avec la même évidence, je m'apprête désormais à tout perdre.

Depuis, Joséphine interroge les parents qui lui rapportent les cours en cercle, assis sur le sol, les nouveaux sujets au programme, notre cours sur l'amour qui a suscité le plus d'échos dans les foyers. Leurs récits sont dénués de jugement. Certains parents sont curieux ou amusés par cette nouvelle pédagogie. Heureux de l'enthousiasme de leur progéniture le matin au saut du lit, à l'idée de rejoindre leur école. Surpris par cet intérêt subit. Ils ne croient pas mal faire en partageant cela avec Madame Joséphine. Des anecdotes d'enfants au milieu de tant d'autres.

Joséphine amasse les informations, construit son dossier. Elle harcèle mes collègues, leur répète le contenu altéré de mon enseignement. Elle battit un personnage qui semble hors de contrôle.

Et peut-être que je le suis un peu. Peut-être même que j'aime ça.

– L'autre jour, tu me parlais d'une élève de neuf ans. Finalement, tu ne m'as pas dit ce qu'elle t'a appris.

Henri reste silencieux. Il lui faut un moment pour replacer ma question dans son contexte. Mes yeux rivés sur la partition, je déploie mes mains sur le piano, aligne les notes avec fluidité. Ce morceau pour débutants me paraît désormais facile. Je le joue plusieurs fois par jour, avec le délice de celle qui a vaincu la difficulté. Je plonge dans cette transe, happée par la mélodie. Les touches d'ivoire qui abdiquent devant ma volonté. Quelque chose que je peux maîtriser.

Je tourne la tête vers Henri et il me sourit.

– Cette élève... elle s'appelle Clémentine. Elle ne semble jamais tenir compte de ses possibles. Je ne sais pas si tu as dans ta classe des enfants comme elle... C'est comme si elle se détachait volontairement de la réalité. Si elle n'avait pas de jambes, je suis sûr qu'elle essayerait de marcher. C'est un phénomène assez étonnant à observer.

Henri porte une de ses chemises à carreaux.

– Elle m'a appris... En fait, elle m'enseigne... qu'aucun combat n'est perdu d'avance... Cela peut paraître un peu cliché quand je l'explique comme ça mais... je ne trouve pas d'autre façon de l'exprimer, fait-il en levant les mains en signe d'impuissance.

Je songe à ma classe et aux possibles que nous ignorons.

– Apprendre aux autres, c'est surtout apprendre beaucoup sur soi, ajoute-t-il en me regardant dans les yeux. Alors depuis que je donne des cours à Clémentine, je songe souvent à mes possibles, à tout ce qui me limite...

Il s'attarde, le regard toujours posé sur moi. J'acquiesce. Je pense à Louis et à son cours sur lui-même qui est un cours sur nous tous.

Henri se penche vers moi et un frisson parcourt ma peau. Il allonge le bras et tourne la page du cahier au chapitre suivant.

– Tu es prête pour un nouveau morceau. Et puis, maintenant, tu sais comment cela fonctionne, lance-t-il avec un clin d'œil. Essai, enthousiasme, erreur, inaptitude, énervement, essai, colère, fuite, retour, essai, progression, répétition, joie, encore une pointe de colère puis... triomphe !

Il rit, un doigt posé sur le début de la portée. Il me bouscule sans me toucher. Il me donne envie de tout lâcher. Comme la danse sauvage de ma classe. Puisque dehors je ne suis plus rien, puisque mes espérances ont migré, que tout est à bâtir, j'explose d'une nouvelle façon.

Et je l'embrasse.

30

Travail de fin d'études – Rose Dallois

Lorsque j'énonce tout haut mon souhait d'appeler notre fille Ella, les lettres de son prénom se déploient avec aisance. Elles ouvrent pourtant une brèche dans mon impeccable lignée fleurie.

Ma première phrase, ces six mots chargés de pouvoir, fulgurance d'un retour à la vie, flottent dans l'air un instant. Déjà, je perçois son écho. Depuis mon lit où je ne décide plus rien, je lance la plus puissante des rébellions. Celle qui percute une tradition matriarcale et forme un hiatus dans la chaîne des Rose tissée sur plusieurs générations.

Dans ma tête, les prénoms n'ont pas défilé. *Ella* est venu tout de suite. Doux, fort, époustouflant.

Sur ce premier *Ella*, mon bébé ouvre les yeux. J'y lis la surprise. Ses pupilles ne restent pas fixes, elles glissent sur mon visage en quête de ce je-ne-sais-quoi censé la rassurer. Nous sommes deux étrangères. Je le vois dans ses yeux qui plissent, dans l'inquiétude qui s'y dessine.

Son odeur a des accents de vanille. Sa bouche se crispe. J'ai peur qu'elle pleure et de ne pas parvenir à la consoler. Une minute passe et ses lèvres se détendent. J'essaie de lui sourire. Après des semaines d'immobilité, les muscles de mon visage sont dépourvus de tonus. Je me figure ce sourire inégal. Comme notre rencontre. Un mélange étrange d'appréhension et de tendresse.

J'observe mon enfant, je détaille ses traits parfaits, son nez fin, sa grande bouche, ses iris verts, ses cheveux de bébé déjà disciplinés, je scrute, je cherche encore mais je ne trouve pas. Elle est belle mais elle n'est pas ma fille. En moi, tout est froid. Je ne ressens rien. Je lève la tête vers Pio, pleine de bonne volonté. Lui expliquer tout ce bordel. L'appeler à l'aide. Ouvrir la bouche pour lui vomir ces foutus mots qui s'alignent en un phrasé incompréhensible.

Il s'assied près de moi.

– Bien sûr que nous pouvons l'appeler Ella. C'est très beau. Je te l'ai déjà dit il y a quelques minutes mais je crois que tu ne m'as pas entendu. Les Rosas vont un peu se révolter mais on s'en fiche, non ? ajoute-t-il avec un petit rire.

Je renonce. Certaines phrases, on ne les répète pas.

Je crois que je n'aime pas ma fille.

Les mots retournent dans ma gorge et se massent là, honteux.

Pio pose sa main sur moi, sur elle, il nous embrasse, il nous parle encore, à nous, les petites femmes de sa vie. Il est heureux et nous formons une famille. Je ne suis plus seule, retranchée dans le noir.

Et pourtant, à cet instant, la solitude est partout.

En quelques jours, ma vie à l'hôpital s'altère. J'entame les sessions avec Colette, la kinésithérapeute.

– Mets plus de force dans ta main. Concentre-toi sur tes doigts !

Colette dessine un cercle comme si elle les reliait.

– Tout se passe ici, ne pense à rien d'autre qu'à ta main !

Dans la brume, je cherche ma main. Je tente de percevoir cet influx qui parcourt mon bras, je l'imagine nourrir un mouvement depuis mon cerveau. J'habite ce que je peux.

Colette masse ma paume de ses deux pouces. Elle actionne ces déclics mystérieux, elle veille, elle patiente avec moi, que mon corps se raccorde à sa puissance.

Ma langue s'est assouplie, les mots sont revenus, quelques phrases aussi. Je parviens à bouger une main, un pied, un orteil. Mon immobilité prolongée charge ces petits riens d'une intensité nouvelle. Je m'émerveille de pouvoir contempler exactement ce que je veux. Je joue de ce regard, je le pose sur les rais de lumière que les persiennes dessinent sur le mur face à mon lit, il voyage encore, attrape un sourire, la beauté de ma jambe qui se meut imperceptiblement, un sentiment vif. Je savoure ce toucher, un drap, une autre peau, mes cheveux que je replace comme je le faisais avant. Ces miracles se manifestent dans ce lit qui a tant attendu. Ils constellent mon quotidien d'avancées minuscules pour les autres, immenses pour moi. Je suis désormais faite de ces petites choses, j'y puise mon énergie.

Puis le soir me ramène à mon impuissance première. Une autre forme de lutte m'enferme lorsque Pio dépose notre fille dans mes bras. Je cherche ce que toute mère semble trouver facilement. Cet amour suscité par un regard et qui ne nous appartient pas encore.

La nature n'opère pas, elle nous abandonne, deux corps ignorants qui tentent de se lier. Ma fille qui ne me reconnaît pas. Moi qui suis incapable de la consoler. Et ce sanglot qui se prépare peut-être. Le sien ou le mien, je ne sais plus. Je caresse sa main et l'amour tarde encore.

Près de nous, Pio s'est assoupi. Sur le visage d'Ella, les larmes coulent maintenant. Elle rugit. Moi aussi, j'ai envie de hurler. Moi aussi, je rage de tout ce qui vient trop lentement. Alors que je tente de la calmer, elle pousse un dernier cri, puis glisse dans un sommeil aussi brutal que profond.

Je retiens mon souffle. Je pose ma main sur sa poitrine pour vérifier qu'elle bouge. Sa respiration est tranquille. Je soulève un bras, une jambe, tout est à l'abandon. Ma fille a éteint la lumière.

Pio se réveille. Il s'étire et se penche vers nous.

– Elle est si bien dans tes bras, ma chérie... murmure-t-il.

– Comment un corps peut-il se verrouiller subitement ?

Je prononce cette phrase avec la lenteur de celle qui apprend.

– Comment Ella peut-elle hurler puis s'endormir dans la même seconde ? Ce n'est pas normal...

Mon phrasé manque encore de fluidité. Je ne peux m'empêcher de faire des pauses entre chaque mot, tel un robot.

– Je... Je ne sais pas... On est des jeunes parents. J'imagine que tous les enfants ont leurs petites manies... essaie-t-il pour me rassurer.

– Leurs petites manies ? dis-je interloquée. Tu trouves que c'est une petite manie ?

– Je sais que c'est arrivé quelques fois... Mais si c'était grave, les médecins nous l'auraient dit...

Je contemple le visage de ma fille, immuable. J'effleure ses joues, l'intérieur de ses genoux mais elle ne réagit pas.

31

Comment les jeunes pourraient mieux apprendre à vivre qu'en s'y essayant ?

Henry David Thoreau

Henri a replié ses jambes contre lui et appuie son menton sur ses genoux comme un enfant. Nous sommes assis sur la terrasse face à la mer. C'est la première fois que nous nous voyons depuis le baiser. Il était à l'étranger trois jours pour donner un concert. Il me raconte son voyage, la rencontre avec son public. Je lui parle de mes élèves et de la réunion du lendemain avec le directeur de l'école.

– Je crois que je vais être mise à pied.

– Tu ne peux pas t'expliquer avec lui ? Assurer au directeur que tu reviendras à une façon d'enseigner... plus classique ?

– Justement, je ne suis pas certaine d'en être capable...

Henri acquiesce. Dans le ciel, les nuages s'attardent en moutons blancs épars. Je resserre les pans de mon chandail autour de moi. Je me penche pour prendre mon verre sur la table basse entre nous. Une limonade maison. Un jus de citron vert, un peu de sirop d'érable et de l'eau pétillante. J'attends quelques secondes avant d'avaler. Dans ma bouche, l'acide et le sucré se mélangent et convoquent le parfum des voyages.

– Le problème, c'est que je ne suis pas prête pour demain.

Henri attend que je développe.

– Je sais ce que je ne veux plus mais je n'arrive pas à définir ce que je voudrais. J'aurais aimé offrir un discours sérieux. Quelque chose de bien construit, d'argumenté, de raisonnable. Un compromis acceptable. Je manque de temps... Et puis, je n'y connais presque rien... On ne peut pas défendre valablement une autre forme d'enseignement juste parce qu'on a l'impression qu'elle mène au bonheur.

– C'est pourtant un bon argument.

Je m'assieds en tailleur.

– Raconte-moi ce que cela fait d'être parfaitement à sa place, dans un métier qui passionne ?

Henri me sourit.

– C'est simple. C'est simple même lorsque c'est compliqué, fait-il avec un petit rire. Quand tout est facile, on se laisse porter. Et puis, quand il y a des obstacles... eh bien...

Il soupire.

– Alors... se dépasser, fournir un effort, trouver des solutions, apprendre, je fais tout cela parce que mon travail a un sens. C'est un peu comme une traversée en mer. On ne peut attendre que tout le voyage se déroule sur une mer d'huile. Mais si on est convaincu de la destination, on accepte les situations plus complexes, on se concentre, on reste les yeux rivés sur l'objectif.

Henri se lève et s'installe sur la table basse. Ses genoux sont maintenant contre les miens. Il prend mes mains dans les siennes.

– Je crois que tu connais ta destination, Ella. Mais il y a tes élèves qui sont importants pour toi. Et quand il y a de l'amour, tout est plus flou. Les bateaux, les traversées et les destinations, c'est moins évident.

Il replace une mèche de cheveux derrière mon oreille.

Je songe à ma classe. À combien j'y suis plus attachée qu'aux précédentes.

À cause de notre traversée et de ses tempêtes, grâce aux chutes et à la façon dont nous nous redressons. À tenir ensemble la barre de ce bateau, notre proue fendant les eaux troubles, libres de naviguer vers nos possibles.

Je songe à la place des rencontres dans nos vies. Celles qui s'étirent dans le temps. Et celles qui sont aussi éphémères que puissantes.

32

Travail de fin d'études – Rose Dallois

Ma tante parcourt le texte de mon travail puis dépose les feuilles sur la table basse devant nous. Dehors, le ciel s'assombrit. Je me lève pour allumer les lampes du salon. Le feu crépite dans l'âtre. Lorsque je m'assieds près d'elle, elle est toujours plongée dans ses pensées. Rose Soleil est la première à lire ces pages. Cette semaine, ma plume s'est déliée. Elle est devenue légère, fluide, apte à dire tout ce que j'ignorais encore.

– Ce que tu as écrit, ma petite Rose... Je t'avoue que cela m'émeut de vivre à travers toi ta chute et ces mois à l'hôpital... Je n'avais pas vu les choses de cette façon mais sans doute que, sans ce coma, tu n'aurais jamais changé de métier, ajoute-t-elle, songeuse.

Ma tante tourne la tête vers la cheminée.

– Mais si je peux être honnête avec toi...

– Oui... ? dis-je en versant la tisane dans nos tasses.

– Je trouve que tu évites un sujet important...

J'essaie de comprendre à quoi Rose Soleil fait allusion. J'ai l'impression de suivre parfaitement la chronologie des faits qui m'a menée d'un point A à un point B.

– Je ne vois pas... dis-je en me réchauffant les mains sur ma tasse.

J'ai veillé tard le soir pour écrire et la fatigue me rend frileuse.

– Peut-être que tu devrais parler de ton refus de devenir une Rosa, à dix-huit ans ? Expliquer pourquoi tu as pris une décision différente de celle de nous toutes ?

Je m'enfonce dans mon fauteuil.

– Je pense que tu dois aborder l'accouchement auquel tu as assisté quand tu avais six ans, insiste ma tante.

– Quel accouchement ?

Mon ventre se crispe.

– Je pense que c'est ton instant zéro, déclare-t-elle.

J'attrape le plaid dans le panier près de moi et m'enroule dedans. Je grelotte presque.

– Mon instant zéro ? dis-je, perdue.

– L'instant où on est anéanti. Le point de départ... pour se reconstruire.

La vision d'une femme debout sur son lit surgit dans mes pensées. J'essaie de me distraire mais elle revient.

– Mais cette naissance n'est pas liée à ma décision aujourd'hui... Elle n'a même aucun rapport avec mon choix, à l'époque, de ne pas devenir une Rosa. Puis, je ne m'en souviens presque pas... de cet accouchement...

Ma voix se brise sur ces mots. Je voudrais retenir mes larmes. Je songe au temps perdu, aux détours de la vie, à la fillette qui est apparue dans mes rêves. Ma tante ouvre ses bras. Je pose la tête sur son épaule et pleure.

Cette histoire débute un matin de mes six ans, en mille neuf cent soixante-neuf.

À mon bureau, je reste en attente d'un premier mot. Celui qui appellera tous les autres. Je fixe les touches de mon clavier, me demandant quelles seront les lettres choisies. Je ferme les yeux.

La fillette de mes rêves se matérialise. Seule sur fond noir. Lentement, le paysage se dessine en arrière-plan. Dans les champs, sur la plage, puis dans la maison de mon enfance. La nausée monte immédiatement. Je m'oblige à contempler la fillette qui s'est réfugiée sur la banquette du salon, son regard porté vers les flots bleus qui semblent partout derrière le bow-window. J'attends que la nausée se dissipe. Elle laisse place à la surprise. Celle d'avoir laissé cet événement important sur le côté, d'avoir avancé comme s'il n'avait pas fait partie de moi.

Et de découvrir aujourd'hui qu'il domine tout, depuis toujours.

Nous sommes dimanche et, comme souvent, mon père est absent. Ma mère est de garde ce jour-là. La maison est silencieuse. Je suis l'aînée d'une fratrie de trois et les plus jeunes sont gardés par une tante afin que ma mère puisse se rendre chez une patiente si nécessaire.

Je pianote distraitement sur le bois de la banquette lorsque la sonnerie du téléphone retentit. Ma mère décroche. Je connais par cœur la liste des questions qu'elle adresse à ses parturientes. Je sais aussi que ce n'est pas tant le contenu des réponses qui l'intéresse mais le ton, le souffle, la fluidité de la voix dans le combiné. Si la femme s'interrompt, si elle grogne, si elle halète, ma mère la coupe et lui promet d'être à sa porte dans les prochaines minutes.

Je l'écoute, j'observe sa posture, droite, le combiné porté à son oreille et tenu à deux mains. Je veux tout savoir de ce métier. Plus tard, comme les autres femmes de ma famille, je veux être sage-femme. Je veux être une Rosa. Moi aussi, je veux que mon existence dépende des hasards, de la nature et de ce qu'il faut pour que soudain une grossesse se mue en autre chose. Je veux que mon quotidien se construise autour de ces appels qui fendent le silence d'une maison endimanchée.

– Le temps de déposer mon aînée et je suis chez vous, conclut ma mère avant de raccrocher.

Je me lève, agacée.

– Mais je suis assez grande pour venir avec toi !

– Rose ! fait ma mère comme si mon prénom constituait à lui seul un argument.

Elle se penche sur le téléphone et de l'index actionne le cadran pour composer un numéro. Paresseusement, le disque rotatif se meut jusqu'à la butée puis revient à sa position initiale. Le cliquetis se déroule avec lenteur en une musique d'un autre temps. Après une dizaine de tonalités, ma mère soupire et raccroche.

– Mais toi, tu assistais aux accouchements quand tu avais six ans ! dis-je encore.

– Rose, c'était une autre époque. Les mœurs... les gens... c'était une autre époque...

Ma mère me tourne le dos et essaie un nouveau numéro. Elle patiente quelques secondes puis raccroche d'un geste sec. Elle tente encore sa chance sans succès.

– Personne ne répond... marmonne-t-elle en me détaillant comme si je pouvais lui apporter une solution.

Lorsque nous enfourchons nos vélos pour parcourir les deux kilomètres qui nous séparent de la maison de la patiente, la journée est lumineuse et je souris. Ma mère exige que je pédale vite.

– À vélo, rien ne peut nous arrêter ! Aucun embouteillage, aucun tracteur trop lent. C'est le plus rapide, ajoute-t-elle pour m'encourager.

Alors que nous traversons un village désert, je ne soulève pas l'inconsistance de ses propos. Je sais bien que nous prenons le vélo parce que mon père est parti avec l'unique voiture que nous possédons pour poursuivre sa vie ailleurs, aujourd'hui et tous les autres dimanches.

Ma mère s'arrête encore en chemin chez l'une ou l'autre de ses connaissances mais aucune n'est présente pour m'accueillir.

J'arrive à destination le visage rouge, quelques mèches plaquées sur le front. Ma mère pose son vélo le long du mur et frappe à la porte. Je l'imite et me range à ses côtés, en une masse discrète.

Un homme ouvre la porte. Il m'aperçoit. Ma mère s'excuse aussitôt.

– Pardon, je n'ai trouvé personne pour la garder.

Il hoche la tête et nous invite à le suivre. Ma mère ne m'a donné aucune instruction alors j'évolue dans son sillage. Je me fais petite, je voudrais qu'elle m'oublie. Moi qui écoute avec envie les Rosas, je voudrais le voir en vrai, ce bébé qui jaillit des entrailles.

Ma mère suit l'homme à l'étage. Je grimpe l'escalier quatre à quatre pour ne pas me faire distancer. Sur la gauche, il y a une petite chambre.

– Je peux laisser ma fille ici ? demande ma mère.

L'homme acquiesce.

Ma mère m'invite à entrer. Je veux protester mais elle a déjà refermé derrière elle.

De l'autre côté de la cloison, une femme hurle. Je connais ces cris pour les avoir entendus dans la bouche de ma mère lorsqu'elle a accouché de mon frère et de ma sœur. Je plaque mon oreille contre le papier peint décoloré par le soleil. Les mots résonnent comme dans un bocal et se lient d'une façon qui les rend incompréhensibles. Le mot *respirez* se détache du lot, se répète, se dépose, se retire pour revenir quelques secondes plus tard.

Grâce au récit de notre famille, j'ai une vision précise du processus dans lequel ma mère et sa patiente vont glisser. Après une brève introduction, ma mère ôte ses chaussures et les pose dans un coin de la pièce. Le sang et autres liquides lui ont déjà ruiné plusieurs paires. Maintenant, elle procède à un examen rapide : écouter le cœur, prendre la tension, collecter les paramètres essentiels, accomplir toutes les vérifications importantes. S'assurer que l'accouchement peut se poursuivre ici, dans le ventre de la maison.

Derrière la paroi, un cri, une nouvelle vague comme ma mère les appelle. Puis le silence qui revient et gagne en intensité.

Avec la souffrance, la parturiente peut avoir le réflexe de se recroqueviller, en une boule prête au combat. Sauf que l'accouchement n'est pas un combat. L'accouchement est une traversée et chacun doit trouver son chemin. Ma mère guide sa patiente. Elle chuchote, elle déplace une jambe, passe un bras sur ses épaules, l'assiste comme elle peut. Mes tantes m'ont montré les postures les plus fréquentes et je me concentre pour plier la femme dans cette succession de positions. Son corps se coule dans les bras de ma mère et celui de son enfant glisse plus bas, se fraye une voie, avance vers la lumière.

Je voudrais être cet oiseau posé sur la branche qui nous observe maintenant, moi et les femmes de la chambre contiguë. Il me semble soudain évident que je peux être cet oiseau, que dans l'agitation personne ne me remarquera. Je me lève et attends le prochain cri pour ouvrir la porte. Le grincement est couvert par la voix qui se propage jusque dans le couloir. Je progresse à petits pas serrés. Dans l'entrebâillement, j'aperçois la patiente agenouillée à même le sol, les bras croisés, plaqués sur le lit. Ma mère lui masse les reins. La femme se redresse, hurle un son grave, propice à la descente du bébé. Ma mère poursuit la vibration, en évoluant encore dans les basses, là où prend racine la force qui les anime maintenant. La parturiente pose à nouveau la tête sur le matelas, le corps abandonné aux mains de son accoucheuse. Cette dernière place les doigts sur certains points, sorte de ligne qui n'est visible qu'à ses yeux. Avec aisance, elle appuie, effleure, dépose ce qu'elle peut d'énergie. Sous ses mains, le dos semble se détendre.

Lentement, l'ordre des choses s'inverse, l'esclave à la douleur se mue en maître, la connaissance surgit et la future mère se lève pour vibrer encore. Les deux femmes tremblent de ce chant qui les unit désormais. Il n'y a plus celle qui accouche et celle qui l'assiste. Elles forment ensemble cet animal aux pouvoirs mystérieux, cette bête à quatre jambes et à quatre bras, ce corps qui dispose d'un savoir puissant et l'incarne.

J'ai un souvenir très précis de ce moment.

Peut-être parce qu'il a bouleversé l'enfant de six ans, peut-être aussi parce qu'il contient en embryon la suite, ces minutes qui transforment une existence. Celle de ma mère, la mienne, celle de ma fille plus tard. En un instant, une lignée de femmes glacée, percutée, reconduite.

33

Celui qui ouvre une porte d'école, ferme une prison.

(Citation souvent attribuée à) Victor Hugo

– Aujourd'hui, nous allons aborder un point mis à l'agenda par Madame Joséphine. Il concerne certains cours donnés par Madame Ella...

Le directeur s'interrompt pour s'éclaircir la voix, puis il reprend :

– Pour résumer, Joséphine allègue que les cours n'auraient pas été donnés... en conformité avec la réglementation prônée par notre institution, et qu'à plusieurs reprises, Ella serait sortie du cadre du programme... de manière excessive... perturbant même la tenue des autres cours. Ella, je propose que vous nous exposiez la situation de votre point de vue.

Face à moi, le directeur et une dizaine de collègues. Joséphine remue sur sa chaise. J'imagine qu'elle aimerait nous asséner sa façon de penser. Je baisse les yeux sur mes notes. Je pose les mains à plat sur la table pour dissimuler leur tremblement. Je prends une profonde inspiration et me concentre sur la première phrase de ce qui ressemble plus à un discours qu'à un exposé de mon point de vue.

– Je rêve d'une école qui respecte la nature profonde des enfants. Et celle des adultes.

Je marque une pause. Peut-être même que je devrais m'arrêter là. Parce que tout est dit.

Plusieurs collègues froncent les sourcils. Alors je continue.

– Je voudrais un lieu d'émancipation pour nous tous. Pas une classe qui réunit l'enseignant et ses élèves à qui il doit transmettre un savoir figé. Nous avons besoin de vivant. J'ai besoin d'échange, de partage, de jeu. Avec nos classes silencieuses, nous nous privons de ces richesses.

J'avale difficilement. Ce dont je vais parler m'émeut. Je tente de refluer ce qui monte dans ma gorge. J'y arrive un peu.

– Je pense qu'un enfant n'est pas un être à bâtir selon un programme préétabli. Ils sont autant de nouvelles contrées à explorer. Je voudrais pouvoir prendre le temps.

Je garde pour moi que seule cette manière d'enseigner me permet de tenir debout.

Je poursuis et j'aligne tous les arguments que j'ai assimilés en quelques jours de lecture. Je leur parle des chasseurs-cueilleurs, de leur joie d'apprendre, de l'inutilité des devoirs et des leçons qui en résultent. Je leur raconte l'école avec des contours différents. J'y mets conviction, énergie, enthousiasme.

– L'école est le fondement de notre société. Et elle est la façon la plus puissante de la réparer. Mais nous ne lui en donnons pas les moyens. Nous surpeuplons les classes, nous épuisons les professeurs, nous passons à côté de nos enfants.

Plusieurs collègues acquiescent.

– Si nous mettions plus d'argent dans l'enseignement, nous ferions des économies majeures dans d'autres domaines, comme celui de la santé mentale. L'école doit être, avant tout, un lieu où l'enfant apprend à s'aimer et à construire sa confiance en lui. Où il est accepté, rejoint là où il est, écouté et entendu. J'ai besoin de formation, je dois pouvoir faire différemment. Avec moins d'élèves, avec plus de temps.

Je veux prononcer chaque phrase avec lenteur. Je jauge cette liste bien trop longue de toutes les choses que j'aimerais partager.

– Les jeunes sont des machines à apprendre, ils ont une forte pulsion d'exploration. Chez eux, c'est aussi naturel que de respirer. Pourquoi transformer cela en obligation ? Réduire une des plus grandes joies sur terre à une équation qui définit votre valeur par celle de votre connaissance. Nous rendre tous esclaves de la performance.

Ma voix faiblit. Je suis l'avocate moyenne d'une cause magnifique.

Soudain, dans cette salle froide, sur la surface lisse de la longue table de réunion, surgissent des visages d'enfants. Je les regarde et je comprends.

– En moi, tout est bouleversé. Je ne peux plus avancer comme cela. Je ne veux plus être cette institutrice qui ressasse les mêmes matières année après année, qui récite tel un robot les phrases répétées des dizaines de fois. Un programme qui néglige la diversité et nous sépare. Un cursus qui laisse de côté tant d'enfants talentueux mais différents. J'enferme mes élèves dans un savoir alors que leur soif est illimitée. Je les contrains à s'asseoir alors que leur corps n'est que mouvement. Je lutte contre ce qui est. Contre la nature profonde des choses. Je vais à contre-courant. Je ne peux plus. Je veux connaître mes élèves. Je veux vingt-cinq chemins pour parvenir à la même destination. Je veux cette égalité entre eux et moi qui révèle les âmes. Je veux du sens. Je veux de la vie. Surtout entre les murs de ma classe.

Les visages sont tournés vers moi, en attente. Certains ont les yeux qui brillent. Bousculés peut-être par toutes les formes que peut prendre notre métier.

34

Travail de fin d'études – Rose Dallois

Leur alliance se construit maintenant depuis plusieurs heures. Leurs corps dans la pénombre m'évoquent une danse. Les deux femmes se meuvent au rythme des vibrations graves, elles bougent, se déplacent dans la chambre, alternent les postures. Parfois même, elles me font face mais jamais elles ne me voient. Elles ont glissé dans une transe qui les extrait de la réalité. Il faut être là-bas plutôt qu'ici avec ce corps qui pousse, qui souffle, qui se dresse mais qui ne se délivre pas.

La parturiente semble perdre l'énergie qui la gonflait encore quelques minutes auparavant. Son corps s'affale, son regard concentré ne brille plus, tout paraît sur le point de s'éteindre. Ma mère l'a perçu parce qu'elle recule d'un pas pour l'observer. Dans un même mouvement, je me réfugie dans l'ombre pour qu'elle ne m'aperçoive pas. La lueur du jour nous quitte et, avec elle, les forces s'évanouissent.

Le visage de ma mère revêt une expression que je ne lui connais pas. Même lorsque mon père referme la porte de la maison derrière lui sans prononcer un mot, ses traits ne sont pas figés comme ils le sont maintenant. Elle voudrait encore se mélanger à sa patiente, la relever de sa peine, identifier l'entrave, comprendre pourquoi, malgré leur valse langoureuse, le bébé ne glisse pas vers le bas. Elle est immobile, les bras ballants et cette image me serre le cœur. La traversée ne se déroule pas comme elle le devrait, la mécanique s'enraye et ma mère le sait.

– Nous devons partir à l'hôpital.

Ma mère a parlé fort. La femme a sursauté. Leur danse est rompue.

– J'appelle une ambulance, déclare ma mère en décrochant le téléphone posé sur la table de nuit.

Là où un moment plus tôt la magie bénissait chaque carré de peau, la sienne et celle de ma mère, l'atmosphère de la pièce se transforme.

Par la suite, j'ai souvent interrogé ma mère sur ce qui l'avait incitée à contacter les secours. Finalement, l'effort de la parturiente, la longueur et la fréquence des contractions restaient dans une certaine norme. Sa réponse tournait toujours autour de l'énergie de la maman. Une impression qu'elle n'y croyait plus. Il ne s'agissait pas du cap de désespérance où la future mère hurle son découragement. Ici, la capitulation était sournoise, involontaire, invisible aux yeux de celle qui la porte. Son corps semblait se courber sous le poids d'une nouvelle fatalité, celle de ne pas savoir. Et quand le corps ne sait plus, c'est qu'il ne suffit pas. Comme pour tous les autres dysfonctionnements, la chimie et les machines reprennent alors leurs droits. Pour assister, guérir, susciter le miracle là où on l'attend encore.

Les minutes qui suivent sont plus floues dans mon esprit. Ma mère a tenté plusieurs fois de colmater les brèches, de m'offrir les détails pour donner sens aux images. Voir ma mère échouer et souffrir mélangeait les formes qui s'animaient encore dans la pièce.

Je me souviens de ce premier geste. Ma mère se penche et allume la lampe de chevet. Elle rassure sa patiente, lui répète que l'ambulance arrivera dans les prochaines minutes, qu'elles font le bon choix, qu'il ne faut prendre aucun risque. La femme acquiesce. Une nouvelle contraction la contraint à une autre position. Elle voudrait se coucher sur le lit pour se reposer mais le corps se cabre et la pousse à quatre pattes. Ma mère reprend les massages et vibre à nouveau à l'unisson avec sa patiente. Finalement, elles n'ont que cela, se concentrer sur cet accouchement qui, s'il n'évolue pas, ne s'interrompt pas non plus.

Les deux femmes y mettent toute leur volonté mais leur danse reste factice, elles veulent y croire mais n'y parviennent plus. Elles savent que les secours sonneront bientôt à la porte. La pièce se remplira. Ils parleront fort, voudront allumer toutes les lumières et vérifier tout ce que l'on veut vérifier lorsqu'une naissance est en difficulté. L'anticipation prend toute la place, les deux femmes ont quitté leur bulle. Pour elles, ils sont tous déjà là autour du lit.

Nous attendons l'ambulance depuis une heure déjà. Ma mère a appelé à plusieurs reprises mais un incident à la plage accapare les équipes. La patiente n'est plus que hurlements. J'ignore si c'est la douleur ou la peur qui la tient. Les deux sans doute. Ma mère conserve son calme, en apparence, mais l'abattement se lit partout sur son visage. Une multitude de rides se dessinent dans le faible éclairage, son teint a perdu son éclat.

Elle est réduite à l'impuissance. Tout bas, une rengaine la domine. La voix murmure : *ça ne va pas aller, ça ne va pas aller.* Elle voudrait la faire taire mais le message qu'elle véhicule résonne en elle en une vérité terrible. De temps à autre, elle essuie discrètement une larme. Avec la sueur, elle passe inaperçue.

Ma mère a proposé d'emmener sa patiente en voiture mais les services d'urgence lui assurent que l'arrivée de l'ambulance est imminente, que le transport dans un véhicule classique est trop dangereux. L'accoucheuse se plie aux instructions. Elle agit comme la plupart des femmes de son époque, elle écoute et puis, elle obéit. Elle pense que l'autre sait mieux. La détresse la prive de son instinct. Elle exécute et fait ce qu'elle peut depuis ce lieu dépourvu de magie. Elle n'a jamais procédé ainsi. L'autorité n'a jamais été ailleurs qu'au creux des reins de celle qu'elle accompagne. Ici, tout est à l'envers. Voilà ce qu'elle se répète. Tout est à l'envers.

Soudain, la parturiente se dresse et saute à pieds joints sur le lit. Cette vision me fait l'effet d'un sumo qui se relève et se connecte à sa force profonde. Debout au-dessus de ma mère, elle rugit comme une lionne. La souffrance la traverse telle une lame, elle demeure concentrée et pousse encore. Ma mère s'est penchée sous elle et hurle qu'elle voit la tête du bébé.

À la vue des cheveux du nouveau-né, ma mère recouvre ses couleurs et sa mission. Elle encourage sa patiente, lui assure qu'à la prochaine poussée, la tête sortira. Ma mère se raconte sans doute qu'elle s'est trompée, que tout va bien. Peut-être aussi qu'elle ne se dit rien du tout parce qu'un enfant qui naît impose le silence. Entre deux grognements, c'est lui qui prend désormais toute la place, diffus, épais, apaisant, dimension nouvelle de cette chambre à coucher, respiration avant un autre rugissement. Celui de la mère. Ou mieux, peut-être celui du bébé ?

Ma mère y croit lorsqu'une épaule puis l'autre s'extirpent de ce corps courageux, elle y croit en accueillant le ventre et les jambes, elle y croit malgré la teinte douteuse de la peau et le silence qui persiste. Elle veut voir ce qu'elle a besoin de voir, le reste n'existe pas.

La patiente s'est assise sur le lit en tailleur. Ma mère lui colle le bébé sur la poitrine et le sèche. Elle stimule, frictionne vigoureusement. Tout bas, elle compte les secondes. Elle est maintenant à trente. Elle prend le pouls du nouveau-né. Sous la peau, aucune vie. Elle clampe le cordon, la réanimation doit commencer.

Comme une femme qui ne sait pas, la jeune maman laisse faire l'accoucheuse. Elle n'ose même pas demander. *Où est le cri ? Où est le cri de mon bébé ?* Elle ne veut pas déranger. Elle se tait, les mains ouvertes, posées l'une sur l'autre, accueil involontaire entre ses cuisses tavelées de sang.

Le mari n'est pas monté. Il est toujours dans la cuisine, il attend lui aussi ce cri, signal qu'il est bienvenu. L'origine du monde n'appartient qu'aux femmes, ce qui y glisse pour la traverser est à tous.

Ma mère a disposé le nourrisson inerte sur le lit. Après avoir jeté un bref regard en direction de la porte au cas où les ambulanciers se seraient soudain matérialisés, elle se penche sur la petite forme. Elle la manipule, la masse, examine sa gorge, tente de la dégager, effectue chaque étape de la réanimation et commence les compressions. L'émotion la rend maladroite. Elle se cherche, elle se perd, elle essaie de ne pas pleurer. À côté d'elle, la femme gémit doucement. Entre les larmes, la jeune mère attrape d'une main lourde le téléphone. Lorsqu'elle bredouille dans le combiné, elle paraît imbibée d'alcool. Entre les sanglots, elle supplie encore pour cette ambulance. Parce qu'on lui répond toujours ces mêmes phrases qui sont en train de tuer son bébé, elle hurle des mots, elle ne prend plus la peine de les aligner, elle les jette, pierres brûlantes, à l'opératrice.

Un instant, ma mère relève la tête, replace une mèche de cheveux qui danse entre elle et celui qui ne respire pas. Son regard se fige. Elle m'a vue. J'attends qu'elle me crie quelque chose mais elle baisse les yeux et revient à sa tâche.

Elle alterne les gestes, tente d'insuffler la vie dans ce corps mou, à la couleur étrange, à la gorge vierge. Les minutes se relaient, chacune plus sombre que la précédente, les cellules se meurent, l'espoir se dissout, l'eau salée recouvre tout. Il est maintenant trop tard pour le sauver mais elle persévère parce qu'elle ignore l'heure qu'il est, le temps qui s'est écoulé. Parce qu'on ne pose pas ce genre de questions à une mère qui perd son enfant.

S'il existe une chance infime que le temps ait déroulé son tapis plus lentement que dans son ressenti, si le petit garçon peut encore reprendre son souffle, ma mère ne doit pas lâcher. Un moment, elle tourne ses poignets rapidement sur eux-mêmes pour les libérer d'une crampe. Sa patiente s'arrête de respirer, comme s'il lui était impossible d'exister si les mains de ma mère ne s'activent pas sur son bébé.

La nuit a enveloppé cette petite maison de village, celle qui abritait encore ce matin le beau ventre admiré par les voisins. Ici, les gestes ont perdu leur sens, maintenus uniquement parce que l'on ignore quoi faire d'autre. Les mains sur la peau presque froide, les yeux figés sur la sage-femme pour éluder le nourrisson, les compressions au rythme inutile, ces derniers instants, remparts contre la tragédie.

Dehors, la lune est pleine et attire mon regard d'enfant. Je m'y plonge, m'y recueille, il me faut quitter ces lieux. Ces mères qui refusent de renoncer. La mienne surtout, qui touche là son dernier bébé.

35

La beauté est dans les yeux de celui qui regarde.

Oscar Wilde, *Le Déclin du mensonge*

Lorsque je sors de l'école après la réunion, je dépose mes affaires chez moi et prends une douche rapide. J'enfile une jupe et une blouse propres pour me débarrasser des dernières heures. Je range mon bureau, je déplace des piles de feuilles, je vide des tiroirs, je trie sans attention. Je voudrais que tout soit propre, ordonné. Sous contrôle. Je voudrais avoir plus de pouvoir. Je descends et m'assieds derrière le piano. Je tente une gamme. Mes doigts sont nerveux. Ils veulent aller trop vite et se chevauchent. Je m'arrête et referme le piano d'un geste brusque. Dehors, la mer s'agite en flots bleus et verts translucides. Je ressasse mes paroles. J'en corrige certaines. Je me demande si l'issue aurait été différente avec d'autres mots. Je gravis l'escalier dans un but précis. Arrivée en haut, j'ai oublié ce que je venais chercher.

Je suis inefficace, dispersée, en colère aussi.

Quelques minutes plus tard, je sonne à la porte d'Henri. C'est la première fois que je viens chez lui. Une maison dans une rue sans issue. La vigne grimpe sur la façade et atteint les châssis en bois des fenêtres du premier. Jusqu'à deux mètres de hauteur, un bardage grisé par les intempéries recouvre le mur. Un charme désuet qui s'accorde bien avec Henri.

Il ouvre la porte. Debout, pieds nus sur le carrelage ancien.

– Ella ? Justement, je me demandais comment ta réunion à l'école...

Je ne le laisse pas finir et l'embrasse. Nous restons dans le hall, retenus par ce baiser. D'un pied, il ferme la porte avant de m'emmener vers l'escalier. Nous avançons lentement. Comme si nous étions face à une limite imaginaire, nous nous attardons au seuil des marches. Contre ma jambe, le bois de la première s'imprime. Henri passe sous le tissu de ma blouse, cherche du bout des doigts. Un instant, il s'écarte de moi. Je ne bouge pas, alors il s'approche à nouveau. Sa main est maintenant posée sur mon ventre, pression légère, tiédeur constante qui capte toute mon attention. L'excitation qui gonfle lorsqu'un carré de peau s'enflamme au contact d'un autre. Je ferme les yeux. Mon esprit retourne à sa paume immobile. Sous elle, j'imagine mon ventre vibrant, velouté. Sa main me lâche. Il s'empare du bas de sa chemise et la passe par-dessus la tête avant de l'abandonner sur le sol. Il reste quelques secondes debout devant moi. Mon regard glisse sur lui, s'attarde sur son buste. La chaleur gagne mes joues. Je repousse une mèche qui me barre le visage et, parce que rien ne la retient, elle revient aussitôt. Sans le vouloir, je souffle. Ça le fait sourire.

– Je peux ?

J'ignore de quoi il parle. J'avance vers lui et l'attire à moi. Quand nos lèvres se touchent, il rit, vibration délicieuse dans nos bouches collées. Il s'appuie contre moi, me presse contre le mur froid. Je ne sens plus rien que son corps, ces parts de lui qui réveillent ces parts de moi.

Il bouge comme s'il m'emmenait dans une valse lente. Nous sommes debout ici et, bientôt, nous serons là-bas, sur ce matelas recouvert d'un simple drap de lin blanc. À force de silences, de cette danse qui n'est plus vraiment une danse. Il soulève ma jupe, centimètre par centimètre, récupérant chaque fois plus de tissu dans son poing presque clos. Soudain, il lâche tout pour attraper ma cuisse à l'endroit où la chair se fait plus sensible. Un frisson naît sous sa paume. Sans attendre, il remonte ma jambe, lentement, pour ne rien manquer.

– Tu veux ?

Il l'a murmuré proche de ma bouche, il ne s'est écarté qu'un peu pour ne pas étouffer sa question. Je ne réponds rien. Je ne suis plus capable. Les mots n'existent que là où ils peuvent servir. Nos corps se rapprochent. Il prononce mon prénom et, dans sa bouche, il a des accents nouveaux, étranges, lumineux. Ses lèvres embrassent maintenant mon ventre et y dessinent des continents lointains. Je me dis que je devrais tout arrêter là, puis j'oublie. Lui continue à brûler ma peau partout où il passe. Il est revenu à ma hauteur, me sourit, replace cette mèche rebelle qui s'obstine devant mes yeux et se mêle à nos baisers.

Sa voix est douce lorsqu'il aligne encore les lettres de mon prénom. Une invitation au voyage, mélange d'effluves et de peaux nues, souffles qui s'accordent, sexes qui gonflent, comme les murmures s'élèvent avant de s'apaiser.

36

Travail de fin d'études – Rose Dallois

Quelques jours après l'accouchement, les Rosas se réunissent dans notre salon. Ma mère est assise sur le divan et, autour d'elle, se massent les femmes de notre famille. Elles lui prennent la main et lui prodiguent des paroles apaisantes. Ma mère est anéantie. Elle demeure le regard dans le vide. Depuis le lieu où elle s'est réfugiée, je ne suis pas certaine qu'elle nous écoute encore. L'examen a révélé qu'un accouchement à la clinique n'aurait pas sauvé le bébé. Mes tantes répètent cette phrase qui ne paraît pas atteindre ma mère. Un instant, elle semble revenir à elle. Elle nous contemple comme si nous nous étions matérialisées soudain dans son salon.

– Je ne veux plus accoucher les bébés, lâche-t-elle d'une voix faible.

Ses yeux restent secs. Le silence règne quelques secondes. Puis, les Rosas veulent toutes parler en même temps. Elles lui content leurs pertes, façon étrange de susciter le goût pour un métier que d'en relever les affres.

Elles persévèrent, lui rappellent que la plupart d'entre elles accouchent maintenant à l'hôpital, qu'elle pourrait y poursuivre son métier. La force des Rosas réside dans leur posture, leur intention profonde, celle de croire en l'instinct des femmes. Peu importe le lieu où cette sagesse s'exprime.

Ma mère se redresse. La voir assise, le dos bien droit, me soulage. Elle ouvre la bouche pour parler mais aucun son ne sort. Je m'approche d'elle et passe un bras autour de ses épaules. Ses mains tremblent légèrement. Elle se lève, vacille et se rattrape au dossier d'un fauteuil.

– Merci pour votre sollicitude. Je dois... fait-elle avec un sourire triste.

Elle se dirige vers l'escalier, nous laissant derrière elle avec cette phrase inachevée. Les règles de politesse sont effacées au profit de cette chambre qu'elle veut absolument rejoindre. Se coucher sur son lit, former une boule, carapace contre les menaces, bras et jambes repliés, attendre ce je-ne-sais-quoi, une main tendue, un bébé ressuscité, la tendresse d'un mari, la vie d'avant telle que ma mère l'avait imaginée.

Je les abandonne moi aussi et monte la retrouver. Sur le seuil de sa chambre, je m'arrête. Elle est allongée sur le côté. Elle n'a pas pris la peine de se glisser sous les draps. Sa silhouette se découpe dans la lumière poudreuse de cette fin d'après-midi et, un moment, j'oublie ce qui la maintient là.

J'ôte mes chaussures et m'étends près d'elle, double miniature de son impuissance. Moi aussi, je voudrais pouvoir renverser l'ordre du vivant. C'est d'un cri de bébé dont j'avais besoin pour conserver ma mère. Contre son corps chaud, je me blottis. Seul écho d'un autre monde, les voix des Rosas qui nous parviennent depuis le rez-de-chaussée.

Puis, ce silence qui nous asphyxie.

Pendant les deux dernières heures, mes doigts ont parcouru le clavier. Comme si en une fois, il était possible de raconter. Avoir à nouveau six ans. Oser regarder ma part fragile, ce noir, cette autre chute qu'est mon enfance avortée.

J'aurais aimé écrire que cette première naissance sous mes yeux a suscité en moi une passion profonde. Mais elle m'a anéantie. Et dans la foulée, elle a brisé mon rêve de devenir sage-femme.

Je ferme les yeux. Je cherche, je tâtonne. Il y a plus dans cette perte que ce que je veux voir.

N'est-ce pas la façon la plus solide de bâtir nos racines ? Dans l'adversité d'un monde auquel on ne croit plus, dans un rejet féroce de ce que nous aimons, lorsque la voie exige de nous de tisser patiemment un à un les fils d'un destin.

37

C'est la vie qui nous apprend et non l'école.

Sénèque

Le lendemain, je me réveille avec le lever du jour. Henri dort à mes côtés. Je demeure quelques minutes à écouter son souffle paisible. Je clos les yeux et perçois le vent dans le feuillage des arbres dehors, le chant d'une tourterelle, plus loin encore, l'appel d'un vol d'oies sauvages. Je me tourne vers lui pour le contempler. Je m'attarde, je savoure la tranquillité de mon corps, la façon dont il est encore bercé par la volupté de la nuit.

Je me lève sans faire de bruit, j'attrape mes affaires et rentre chez moi.

Avant de retrouver ma classe, j'ai un entretien avec le directeur pour faire le suivi de la réunion.

Nous nous installons dans son bureau exigu. Il m'offre un café. Je décline. J'attends, le ventre noué. Il s'assied face à moi et prend la parole.

– J'ai beaucoup réfléchi à ce que vous avez partagé avec nous. J'apprécie cet idéal que vous décrivez... Je le comprends bien... mais nous ne pouvons pas changer notre école. Nous dispensons un enseignement classique. C'est ce qui a été décidé et c'est ce que les parents attendent en inscrivant leurs enfants chez nous. Et puis, avec la taille de nos classes, sans formation spécifique, comme vous l'avez dit, c'est compliqué... Je le regrette, ajoute-t-il.

Nous poursuivons la discussion sur les détails pratiques. Je propose d'achever l'année en cours. Le directeur reste évasif sur le contenu du programme. Il ne m'interdit rien explicitement. Dans nos silences, nous concluons un compromis. Il me laisse explorer cette école idéale si le volume sonore durant les cours et les sujets qui y sont traités demeurent dans les limites du raisonnable. Je ne sais pas si c'est juste. De partir comme cela. De ne pas essayer d'influer sur les choses dans cet établissement, avec ce directeur qui a un peu envie mais n'ose pas.

C'est avec tout cela que j'entre dans ma classe ce matin. Avec Henri contre moi, avec mes incertitudes, cette notion de justice encore floue, mon départ prochain, la barre de notre bateau entre les mains, navigant à vue vers un autre destin.

Je m'assieds à la place qui est la mienne depuis longtemps. Une place que je n'avais jamais remise en question. Enseigner dans l'école proche de chez moi, à des élèves jeunes mais pas trop, les évidences qui s'amassent dans une existence. Des petits choix qui se greffent sur un premier rêve : vivre au milieu des enfants.

Je contemple chacun en silence. J'observe leurs traits, la couleur de leurs cheveux, la manière dont ils sont peignés ou non, ce que cela raconte de leur quotidien, leur posture, leur éclat nouveau. Sur leur peau, je lis des mots. Ceux qu'ils ont prononcés et qui m'ont touchée. Ce que nous avons bâti malgré nous et qui illumine maintenant leurs visages. Je les connais et, pourtant, j'ai l'impression de les voir pour la première fois. Cela m'émeut. C'est étrange cette façon que nous avons de jouer avec le temps, de le consommer de façon à n'en avoir jamais assez pour regarder vraiment.

Je veux prononcer une parole. Rien ne vient. Rien ne semble aussi important que nos présences silencieuses. Alors je me lève et je pousse mon bureau. Les enfants m'imitent. Ils soulèvent les tables pour faire moins de bruit. Ils empilent les chaises avec délicatesse. Visiblement, ils ont été informés du dossier construit contre moi. Ils chuchotent, posent la main sur une épaule plutôt que d'appeler. Notre classe rebelle s'est muée en un gang discret.

Ils s'asseyent en rond, exactement là où tout a commencé. Je les rejoins. Je croise mes jambes en tailleur et je tends les mains vers mes voisins. Leurs paumes tièdes s'emparent des miennes. En écho, d'autres mains se tendent et se lient. Je ferme les yeux pour retenir mes larmes. Dans le noir, la chaleur de mes élèves domine. Elle me bouscule. Comme si je mesurais soudain le cadeau immense que sont les enfants.

J'essaie de me reprendre. Puis j'abandonne.

– Je suis très émue...

Les petites mains qui enveloppent les miennes les serrent plus fort.

– Je voulais vous dire...

J'ouvre les yeux. Leurs mines concentrées sont tournées vers moi. Je voudrais les prendre tous dans mes bras.

– Je crois que cette année... c'est moi qui ai appris le plus... Et je voudrais cela pour les autres jours de ma vie.

Quelques semaines plus tard, je me présente dans un établissement un peu plus éloigné mais que je peux rejoindre facilement à vélo.

– L'école est récente, m'explique la directrice en m'accueillant.

Nous discutons pendant une heure. Je partage avec elle ma motivation. Elle m'écoute. Elle me sourit. Puis, tout s'enchaîne rapidement.

Avec l'élégance des choix accordés au tempo de nos cœurs.

38

Travail de fin d'études – Rose Dallois

Rose Soleil pose les feuilles de mon travail sur la table basse. Elle s'est assise en tailleur sur un coussin à même le sol.

– C'est bien... fait-elle songeuse. J'aime la façon dont tu lies ta motivation et ton histoire. Comment l'une s'ancre dans l'autre... Les détours et les revers qu'elle subit aussi... Tu sais déjà ce que tu vas écrire ensuite ?

– Je crois que je vais entamer la dernière partie du travail.

Ma tante sourit.

– Et ce sera sur quoi ?

– Mon retour à la vie normale et combien la vie ne semble plus du tout normale après une épreuve, dis-je en riant.

Après plus de quatre-vingt-dix jours à l'hôpital, je sors enfin. Dehors, la lumière me paraît plus intense, le vrombissement des voitures aussi, la vitesse à laquelle tout va m'agresse. Pio m'aide à me placer à l'arrière du véhicule aux côtés d'Ella. Il ferme la porte et je sursaute. Mes sens sont percutés par le vacarme de notre société. La surprise affleure à chaque minute avec une odeur, un bruit. C'est grisant. C'est épuisant.

Lorsque j'arrive à la maison, mon mari m'assiste pour m'extraire du véhicule. Il y a un parfum particulier dans l'air, l'effluve musqué de la nature révélée par une pluie récente. Deux éléments qui se mélangent, l'eau et la terre, ma vie d'avant et celle d'après.

Mon homme m'installe dans un fauteuil roulant, le pousse, lève les roues avant pour me hisser sur le trottoir, poursuit dans l'allée, répète l'opération face à la marche devant l'entrée. Ella nous attend à l'intérieur.

Dans notre vestiaire, Pio actionne le frein, le temps de poser nos affaires et pendre nos vestes. Notre fille babille dans sa nacelle. Il ouvre la porte qui mène au salon. Depuis le hall, j'aperçois maintenant le lieu de ma chute. Je regarde autour de moi et je me demande si cette existence m'est acquise. Si je ne vais pas retourner là d'où je viens. Mes journées dans le coma me font l'effet d'un manteau sombre, quelque chose de lourd dont je voudrais me dévêtir définitivement. J'accède enfin à la liberté et c'est ce sentiment d'enfermement qui revient. J'essaie de m'en distraire mais cette possibilité reste avec moi.

Pio fait coulisser la porte-fenêtre qui donne sur la terrasse. Il suit scrupuleusement toutes les instructions de la kinésithérapeute. Il accompagne mon mouvement, sollicite ma participation et, pas à pas, nous progressons vers notre objectif. Je m'allonge sur la méridienne face au jardin. Je ne m'attarde pas sur son entretien approximatif. Un champ de blé a poussé tout autour de notre maison, le rosier ploie sous son poids, la nature ne nous a pas attendus. Une brise légère caresse ma peau. Pio approche un fauteuil pour s'installer près de moi.

– Quel bonheur d'être ici ! lance mon homme, enthousiaste. On va être si bien. Un peu de repos, d'air frais...

– Grâce à moi, on sera aussi parfaitement entraînés pour la retraite.

– Et je peux déjà t'affirmer que tu seras une merveilleuse petite pensionnée, renchérit Pio en riant. Ton caractère doux, patient, flexible, j'en rêve déjà ! Ma Rose Flamme !

– Enfin une personne capable d'offrir un sens à mon surnom, dis-je en lui adressant un clin d'œil.

Dans notre maison, il n'y a aucune trace des luttes que Pio a dû mener. Le salon est parfaitement en ordre. Les meubles occupent la même place qu'avant. Je retrouve le lin clair des canapés, les coussins colorés achetés sur un marché. Sur une console, quelques livres d'art, disposés exactement comme je les avais laissés. Près de mes lunettes de soleil, mon roman en cours de lecture, marque-page à mi-chemin. Cette vision d'un film interrompu. Le matin de ma chute, je m'apprêtais à sortir quand la première contraction m'a saisie.

Sur la table de la salle à manger, un vase agrémenté de branches d'hortensia blanc. Au mur, aucune photographie d'Ella. Encore moins une qui nous réunit. Quelques cadres que je voulais remplacer. Des dessins choisis à la hâte ou qui datent d'une autre époque et paraissent maintenant dépassés. Je voudrais me lever et les ôter mais je me ravise.

Pio paraît inchangé. Les nuits courtes et les incertitudes, rien ne semble avoir de prise sur lui. Il prend Ella dans ses bras. Discrètement, je l'observe dans ce rôle qu'il connaît mieux que moi. Ella tend une main vers son menton, tente de l'attraper, lui joue avec ses doigts, fait mine de les manger, elle rit, il la taquine encore. Leur alliance me fait envie, m'irrite même un peu.

– Je te la donne ?

– Oui, bien sûr, dis-je, incertaine.

Jusqu'ici, Pio ne s'est aperçu de rien. Il ne remarque pas le changement d'attitude de notre fille dès qu'elle est avec moi. Il a gardé cette image de son épouse, seule capable d'apaiser son nourrisson, et cette vision dissimule le reste. Pio l'installe contre ma poitrine.

– Viens ma jolie...

Au son de ma voix, elle détourne la tête.

La sonnette retentit. Pio se redresse et fait toutes ces choses que je lui délègue implicitement. Il se dirige vers l'entrée, ouvre la porte, accueille notre invitée. Je ne peux m'empêcher de songer aux semaines qui nous attendent et à tout ce qu'elles vont exiger de lui.

J'entends la voix de ma mère. Elle salue mon mari et nous rejoint dans le salon.

– Ma chérie ! Quel miracle d'être ici ! s'exclame-t-elle avant de nous serrer Ella et moi dans ses bras.

Pio s'efface pour nous laisser seules.

– Alors, comment te sens-tu ?

Ma mère parcourt la pièce du regard et s'arrête sur la portion de sol où elle m'a trouvée étendue, inanimée. Son visage se contracte une seconde, puis elle se reprend.

– Tu vas bien, ma Rose Flamme ?

– Ella ne me regarde pas, dis-je sur un ton que je voudrais évasif.

Ma mère acquiesce. Elle tend une main pour caresser la tête d'Ella, encore tournée vers le jardin.

– J'aimerais qu'elle me regarde...

Mon envie plane entre nous et convoque ces images de maternité inaccessible. Depuis plusieurs jours, je cherche la route. Je tente une approche puis une autre.

– Je vois... répond-elle. Je vois.

– J'imagine que les bébés regardent leur maman, non ? Enfin, moi, c'est mon premier... Je... Je ne sais sans doute pas m'y prendre correctement.

– Qu'est-ce que tu en penses ?

– Je...

Je m'interromps pour ravaler mes larmes.

– Je pense qu'un enfant n'évite pas le regard de sa mère, comme Ella le fait avec tant d'obstination. Je pense aussi que les enfants ne passent pas dans la seconde d'un pleur à l'endormissement profond.

Mon ton est froid. Les larmes brouillent ma vue. Je sens toujours le corps chaud de ma fille contre moi mais ses contours sont devenus flous. Mon bébé est une tache rose vêtue de bleu. Ma mère s'assied près de nous sur la méridienne et passe un bras autour de mes épaules. Je lui confie ma tristesse de manquer toutes ces évidences. De ne pas être une mère comme les autres, ni avant ni même maintenant. Elle me tend un mouchoir. J'essuie mes yeux. Lorsque je les ouvre à nouveau, Ella s'est endormie.

– Je voudrais comprendre cette distance entre Ella et moi. Comment s'aimer ? C'est si naturel pour les autres...

Ma mère soupire.

– Tu veux savoir ce que les Rosas penseraient de tout cela ?

– Oui...

– Elles accompagnent les femmes lors de leur accouchement parce qu'elles sont convaincues que ce moment est déterminant. C'est un rite de passage. Les jours qui le suivent aussi. Ce rite fait d'une femme une mère et d'un bébé, son enfant.

Elle passe un doigt sur le petit nez d'Ella et poursuit :

– Je pense qu'Ella et toi, vous avez été privées de tous les rites : la délivrance, les heures de flottement où l'on se découvre, les premières semaines où les rôles se dessinent et s'affirment.

Ma mère me sourit.

– Je crois que tu ne sais pas que tu es sa mère et qu'Ella ignore encore qu'elle est ton enfant.

39

La vie est un mystère qu'il faut vivre et non un problème à résoudre.

Gandhi

La maison de ma mère s'élève au milieu des champs. Elle se situe à quelques kilomètres de la mienne, en retrait dans les terres. C'est chez elle que les Rosas se réunissent ce soir.

Je passe par le portail qui mène directement à l'arrière de la bâtisse. Dans le jardin vaste des prairies qui l'entourent, les arbres centenaires sont reliés par des guirlandes lumineuses. Une grande table a été dressée, flanquée de simples bancs. Une nappe blanche brodée à l'effigie de notre famille, des bougeoirs de porcelaine vieillie dont les veines ont jailli, quelques bouquets disposés dans des vases anciens, la vaisselle que je connais depuis l'enfance. J'effleure son contour. Le liseré floral vieux rose est intact. Le temps n'a pas eu d'autre prise que l'une ou l'autre brèche.

Ma mère m'accueille, un plateau de coupes en cristal dans les mains. Elle a revêtu une longue robe de coton vert, ajustée à la taille et boutonnée sur le buste. Ses manches ballon offrent à la tenue une élégance particulière. À son bras, une rivière de bracelets. Autour de son cou, elle a glissé plusieurs chaînes fines en or. Ses cheveux sont relevés en un chignon simple. Le vert et le doré, la sobriété illuminée, son éclat pour un porté radieux. Rose Flamme, ma flamboyante mère aura toujours vingt ans.

– Ella, tu es déjà là ? Tu as abandonné tes petits ?

Elle dépose son plateau sur la table et s'approche pour me serrer dans ses bras. Chaleur, lavande, peau douce, en quelques secondes, je suis à nouveau une enfant.

– Je termine plus tôt le vendredi.

Elle s'écarte de moi pour me regarder.

– Quelle joie de te voir ! Viens t'asseoir avec moi, je veux que tu me racontes tout de ton projet...

Ma mère me prend par la main et m'entraîne vers les chaises longues en bois, sous le cerisier en fleurs. Au sol, une couverture colorée et des coussins dépareillés. Rien ne semble étudié mais tout est harmonieux. Les Rosas ont toujours su susciter la beauté. Dans la préparation du nourrisson pour le présenter à sa mère, dans la coiffure de celle-ci pour la première photographie, dans nos maisons, dans les jardins qui accueillent nos fêtes. Le quotidien fait spectacle. Le spectacle fait quotidien.

Elle s'installe et je m'assieds à ses côtés.

– Je t'avoue que j'étais surprise quand tu m'as annoncé que tu changeais de travail. Je pensais que tu te sentais bien dans ton école.

– Cette année a été un peu spéciale... Avec mes chutes...

– Tes chutes ?

– Je ne t'en ai pas parlé pour ne pas t'inquiéter. Je suis allée consulter et mes résultats médicaux sont parfaitement normaux. On a fait tous les examens nécessaires.

Je lui raconte mes évanouissements à l'école, mon impuissance, puis la façon dont mes chutes m'ont poussée à m'asseoir avec mes élèves. Elle écoute en silence. Je décris cette évolution lente qui amène d'un point à un autre. Ce chemin qui m'a paru sinueux se matérialise avec le recul en une droite impeccable. Les étapes semblent aujourd'hui évidentes. La destination aussi.

– J'aurais voulu t'en parler plus tôt mais je ne voulais pas raviver des souvenirs difficiles... J'avais l'impression qu'il y avait une sorte d'écho entre mes chutes et la tienne. Avec nos épisodes étranges... d'absence au monde. Mes endormissements subits dans les premiers mois après ma naissance. Tu n'as jamais beaucoup parlé de cette période...

Dans le regard de ma mère, une angoisse fugace.

– C'est vrai que j'étais apeurée par tes endormissements soudains. Je l'étais tout autant par ma chute. Violente, imprévisible. J'étais si jeune... J'avais ton âge... ajoute-t-elle.

Elle marque une pause.

– Peu après mon réveil, je la redoutais, poursuit-elle. Ma prochaine chute. J'essayais de la prévenir. Le moindre ressenti différent m'alarmait. Te voir t'endormir dans l'instant et chuter à ta manière alimentait ma peur. J'étais fascinée par cela. Par la façon dont nous pouvons être au monde pour le quitter dans la seconde d'après. Toi. Moi.

Elle se penche pour me servir une limonade. Lorsqu'elle se redresse, son visage semble plus serein.

– Je ne voyais plus notre quotidien qu'à travers ce prisme : tout faire pour ne pas sombrer à nouveau. Un matin, j'ai compris qu'il fallait changer d'approche, de point de vue. Adopter une autre posture. Comme lorsque tu t'assieds avec tes élèves au sol, relève-t-elle avec un sourire.

Elle avance son verre pour trinquer avec moi.

– Aux chutes et à ce qu'elles amènent dans leur sillage ! lance ma mère.

Elle avale quelques gorgées et pose le verre sur la table en fer forgé.

– Les années ont passé. J'ai appris. Que l'on chute lorsqu'on n'est pas sur son chemin. Enfin, que je chute lorsque je ne suis pas sur mon chemin. Comme si mon corps renonçait quand ma vie n'est pas vraiment ma vie.

– Et aujourd'hui ?

Ma mère sourit.

– Aujourd'hui, je n'ai plus peur. Je me sens à ma place.

Sur son visage, je lis le dépassement de soi, les efforts qu'implique son travail, le spectacle de l'existence qui se répète semaine après semaine dans une danse que je veux aussi pour moi. Ses traits sont tirés par la fatigue mais ils sont surtout ceux d'une femme qui sourit souvent.

– C'est bien. C'est ce que je veux également. Être à ma place.

Elle serre ma main dans la sienne.

– Et tu ne m'as plus reparlé de tes cours de piano ? Tu les suis toujours avec... ?

– Henri n'est plus seulement mon professeur de piano...

Ma mère éclate de rire.

– Le pouvoir de la chute ! Et la plus puissante de toutes... Tomber amoureux !

À la faveur de la brise tiède de ce début de soirée, notre conversation se poursuit.

– Tu vas commencer en septembre dans cette école où les enfants peuvent tout faire ?

– Où les enfants peuvent apprendre ce qui les intéresse vraiment, oui.

– Donc ils ne peuvent pas tout faire quand même ? Tu me rassures un peu.

Je ris.

– Non, on évite les activités qui les mettent eux ou les autres en danger. Et il y a quelques matières qui restent essentielles. L'idée est de bâtir sur leur volonté d'exploration, sur leurs centres d'intérêt. De respecter aussi leur individualité.

Ma mère replace le bas de sa robe et le lisse comme s'il fallait la défroisser.

– C'est bien... C'est tellement la course à qui est le plus performant dans notre société ! J'ai l'impression que c'est une forme... d'identité. Être bon en ci, être doué en ça. Oui mais être heureux ? Je serais jeune maman aujourd'hui, ma plus grande fierté serait de déclarer : « Mon enfant est bon en bonheur, vachement bon, même ! »

– Les gens ont peur, je crois.

– Je me doute que ça part d'un bon sentiment... On veut s'assurer que les enfants auront un emploi, voire une carrière. Mais ça reste erroné comme calcul...

Je me lève, ôte mes sandales et m'assieds en tailleur sur un des coussins disposés sur l'herbe.

– Comme calcul ? dis-je.

– C'est mal identifier les atouts les plus importants pour réussir dans le monde de demain... Les machines nous remplaceront pour la performance. Ce qui aura le plus de valeur, ce seront les idées !

J'aime la lumière du soleil couchant sur sa peau, la façon dont elle sublime ses traits.

– Et les meilleurs ingrédients pour un cerveau en ébullition sont la sérénité, la joie, l'enthousiasme. La course à la performance aboutit à l'inverse. Elle induit du stress.

J'acquiesce, songeuse.

– Pardon, je parle trop, fait ma mère. Je suis heureuse pour ton nouveau travail.

– Tu n'as jamais été déçue de mon choix ?

– Non, pourquoi ?

– Être une Rosa et ne pas faire comme les Rosas : accoucher des enfants...

– Mais les enseignants accouchent aussi les enfants.

40

Travail de fin d'études – Rose Dallois

Je commence mon programme de rééducation avec une promesse, celle de fonctionner normalement en quelques mois. Je dois apprendre à nouveau ces choses évidentes pour les autres : parler avec aisance, écrire, me mouvoir, faire ma toilette, me préparer un café, m'occuper de mon bébé. Colette, ma kiné, me propose de commencer par la marche. Avec son aide, je me dresse à la verticale, j'attrape les rampes qui seront mes béquilles. Mon corps paraît lourd. Même si je me concentre pour actionner les bons muscles, le résultat est mitigé. Mes pieds traînent au sol. Je persévère. Je veux les lever plus haut. J'y arrive un peu. Sur mon front, des perles de sueur s'attardent. Ridicule. Colette me prodigue des conseils. Je ne réponds rien. Je n'ai pas envie que l'on me dise quoi faire quand je me débats avec mon inertie naturelle.

– Alors, vous avez déjà réfléchi à une date de retour au travail ? demande-t-elle.

Je songe à mon travail qui n'est qu'un travail et mon corps me paraît soudain encore plus pesant.

– Je ne suis pas certaine de reprendre les cours de piano...

Un instant, j'observe les patients autour de moi. J'essaie de me concentrer sur ces autres pieds qui traînent pour moins m'énerver sur les miens. Ils déambulent, ils peinent, ils s'égarent. La mine sérieuse, sur le tapis bleu ou un crayon à la main, assis derrière une petite table. Des hommes, des femmes, d'âges différents. Tous ramenés à la ligne de départ.

– Je ne sais pas si c'est mon incapacité à faire quoi que ce soit correctement mais je manque d'envie. Je ne suis pas sûre non plus de pouvoir jouer comme avant... dis-je, le regard vissé sur la ligne imaginaire que je m'acharne à tracer.

Ma respiration se fait bruyante. Je m'assieds un moment pour récupérer. Je contemple mes mains et me demande ce qu'elles pourraient accomplir de bien. Lorsque je me lève à nouveau pour parcourir la courte distance qui m'est proposée, ce n'est plus le défi physique qui m'absorbe.

Je pose un pied sur le matelas bleu censé adoucir les chutes et la question s'impose : *Que vais-je faire de ma vie ?*

À la maison, ce n'est pas plus simple avec Ella. Face aux silences subits qui succèdent à ses pleurs, je reste perplexe. Pendant les premières secondes, je ne peux m'empêcher d'effectuer mes contrôles maladroits : respiration, tonus, effleurements pour susciter une réaction. Mais rien. Mon enfant est loin.

Parfois, j'ai envie de lui hurler que si elle ne revient pas ici avec moi, on ne va jamais y arriver. Lorsque la colère passe, je me concentre sur son immobilité. Je m'interroge. J'essaie de tirer quelques sagesses de notre rencontre, de sa façon d'y échapper. Souvent, j'y vois mon échec. Sur ses yeux clos quand une seconde plus tôt, elle braillait encore, je lis mon inaptitude. Je ne sais pas vivre. Alors ma fille ne sait pas vivre non plus.

Au contact de nos corps qui se réchauffent, j'examine ma vie d'avant. Je fouille ma mémoire. Mon incapacité à m'asseoir pour simplement exister. Mes choix tièdes. Ce quotidien rempli de petits « oui ». Mon métier décidé comme on sélectionne la meilleure salade au marché, sans ambition, sans intention particulière autre que celle de me trouver une fonction. Ce métier que je n'aime plus. Ma vie telle une course sans élan ni repos. Et un coureur qui ne peut qu'atterrir là. Atteindre le point de saturation et sombrer dans un sommeil profond.

Le mien, le sien. Nous retirer du monde quand c'est trop, et enfin, nous poser.

Ma fille qui a appris quelque chose de moi.

Je scrute ses traits quand elle dort, je cherche ce qui me ressemble. Ses longs cils, le dessin de ses lèvres, la façon dont elle sourit dans son sommeil, un soupir dans lequel je perçois soudain quelque chose qui m'appartient. Il m'arrive de vouloir qu'elle retourne dans mon ventre. Pouvoir tout recommencer à zéro, la pousser dehors, la saisir de mes mains, la regarder en face lorsqu'elle sort son premier cri et lui affirmer : *Voilà, tu vois bien que tu es ma fille !*

De plus en plus souvent, je songe à mon accouchement. Je ne ressasse plus l'histoire que l'on m'a rapportée. Ma chute puis cette césarienne en urgence. J'en crée une nouvelle. Je la dessine à l'image de tout ce que j'espérais pour nous. Telle une artiste, je m'y attarde. Je peaufine les détails. Au départ, il est factuel, médical, froid. Alors je le rejoue. Je le veux émouvant, intense, merveilleux. J'essaie encore et la magie opère. Lentement. Je visionne ce film et l'embellis à chaque prise. Parfois, mes pieds ne touchent plus le sol, je m'éloigne de notre réalité. Tout entière à mon rêve, il m'arrive même de ressentir une contraction. Quand je retourne à ma vie, le manque est là, de plus en plus fort. Accoucher devient une obsession.

Un matin, alors que je tiens Ella dans mes bras, la question revient.

Que vais-je faire de ma vie ?

Au lieu du silence, du vide, des incertitudes et de tout ce qu'elles racontent sur moi, un cri du cœur.

Accoucher !

Je ris de cette réponse décalée, inappropriée. Je ne suis pas enceinte. Je ne peux pas accoucher. Mon cerveau s'en moque. Il persiste, fusionnant ces deux pans de mon existence, territoires perdus, chutes désespérées et bientôt les *que vais-je faire de ma vie ?* et les *accoucher !* m'envahissent pour ne plus me lâcher. Une nouvelle ronde infernale est lancée. Aussi surréaliste que prégnante.

J'aimerais pouvoir vous raconter le moment où tout s'éclaire mais il n'existe pas. Il est la somme de ces longues heures à arpenter le tapis bleu, à muscler un corps mou, à offrir une structure à mes pas désordonnés. En miroir des efforts physiques, une révolte se prépare. Doucement, je me transforme. Ma chair plus tonique, mes désirs plus ardents.

Mon destin se dessine à force d'enchaîner les *que vais-je faire de ma vie ?* et les *accoucher !* Un jour, tandis que je répète cette question qui précipite toujours la mauvaise réponse, les mots prennent un autre sens. Soudain, le *que vais-je faire de ma vie ?* paraît moins menaçant. Il s'est débarrassé du sentiment d'échec. Il devient curieux. Il m'amuse. Au sol, mon pas s'est affirmé. Il n'exige que peu d'attention. Alors je m'évade. Je me vois chanteuse, poètesse, dresseuse de chiens. Ces métiers se matérialisent devant moi. D'autres s'ajoutent, peuplent mon imagination désormais fertile. Je ne suis plus limitée par la réalité. Le mouvement de mes pieds qui frôlent le tapis se répète et m'absorbe dans sa transe. Là, sur cette terre nouvelle, mes rêves s'expriment. Un à un, je vis ces métiers. J'ai le temps.

Loin en moi, ça s'agite. L'envie d'inventer. Sur le tapis, je connais mon chemin par cœur. Je ne m'appuie désormais que légèrement sur les rampes sur lesquelles j'ai jadis transpiré.

Les idées affluent. À chaque séance, j'explore des vocations. Il n'y a plus de mauvaises réponses. Il n'y a que des essais. Tentatives. Autres essais.

Un matin, après avoir ressassé ma question sous le jour lumineux des possibles, mon ancienne réponse revient. Je la prononce tout bas et sa douceur me désarme. Le mot fond en moi. L'énergie parcourt mes veines, m'aide à me redresser, je lâche les rampes pour faire ce premier pas seule et je répète plus fort : *Je veux accoucher.*

41

Une chute profonde mène souvent vers le plus grand bonheur.

William Shakespeare

Le temps a pris une autre forme. Les années se sont succédé sans plus se mélanger. Elles se matérialisent en un spectacle unique, composition éphémère d'un groupe d'enfants, produit de leurs richesses, de nos envies et de nos explorations.

Après avoir été stagiaire et suivi des formations complémentaires, je suis devenue titulaire d'une classe d'adolescents. Au fil des années, plusieurs anciens élèves ont rejoint ma nouvelle école. Lola est la dernière arrivée. Le programme classique a été remplacé par un autre, alliance des volontés. Il conjugue les activités choisies par les élèves avec des moments consacrés aux matières essentielles. Chaque jour, je m'intéresse à la façon dont nous pouvons transformer tout apprentissage en une quête libre, celle d'un être humain vers le savoir qui lui est nécessaire. Avec mes jeunes, nous échangeons nos connaissances, nous partageons la préparation de certains cours, nous votons souvent. J'observe notre classe et traque les traces d'une domination ancienne. Je m'interroge, je cherche en moi. Je m'évertue à incarner le respect pour qu'ils vibrent au même diapason.

Mon métier n'est plus répétition mais création. Nous dessinons ensemble la trajectoire pour devenir adulte. Ma mission ressemble à celle d'un guide de haute montagne. Les accompagner pas à pas vers la destination, les encourager à gravir, même lorsque l'ascension est complexe, leur offrir la science qui les aide, m'émerveiller avec eux du point de vue que nous avons, là à notre étape du jour, célébrer le chemin parcouru, pointer le doigt vers le sommet. Leur rappeler surtout qu'ils sont capables.

Il y a quelques semaines, on m'a transmis la lettre d'Archie, un jeune garçon qui souhaitait s'inscrire dans notre école. Je l'ai relue plusieurs fois. Quelque chose retenait mon attention. Chaque soir, d'une façon ou d'une autre, j'y revenais. Au début, son histoire particulière prenait toute la place. Un jeune de seize ans qui décide de fuguer de l'institution dans laquelle il est placé pour rejoindre à pied une école démocratique intrigue forcément. Mais il y avait plus. Pendant les heures de classe, je me figurais son pas tranquille sur un sentier longeant la côte bretonne, le rapprochant toujours plus de nous. J'imaginais son visage, sa démarche souple. Son parcours en apparence si différent du mien me touchait. J'y voyais une part de moi. Ou le symbole de quelque chose de grand, comme une parabole de notre destin à tous.

Après la lettre d'Archie, j'ai reçu celle de sa mère, jointe à la demande d'inscription. J'ai déchiffré son écriture aux lettres enchevêtrées. J'ai prononcé quelques phrases tout haut. Les plus belles. Et j'ai pleuré. Parce que je me suis sentie à la place la plus privilégiée qui soit. Celle d'une présence sur la route des autres.

Ce matin, j'accueille Archie dans notre classe.

Quand il frappe à la porte, le silence se fait dans la pièce. Nous l'attendions. Avec mes jeunes âgés de douze à dix-sept ans, nous avons imprimé les cartes de son périple le long du sentier des douaniers, en Bretagne. Nous avons tracé la ligne de sa route, nous avons imaginé les paysages et étudié la faune et la flore, les vents, les marées, même la cartographie du ciel.

Puis, à la demande des élèves, nous avons lâché le concret pour aborder la philosophie. Notre groupe a été chahuté par certaines questions.

Qu'est-ce qu'une vie réussie ? Quand peut-on partir ? Quelle vie vaut la peine d'être vécue ? Doit-on accepter le sort que nous réserve la société ?

Lentement, nous avons glissé vers la spiritualité. Nous nous sommes interrogés sur la force du silence dans une existence. Sur la place que nous lui accordons. Quelques-uns ont proposé d'instaurer une méditation en début de journée. Certains jours, nous nous sommes pliés à ce nouveau rituel par discipline. D'autres, nous l'avons savouré. Assis en cercle, nos respirations se sont accordées. Nos esprits ici, en quête de ce vide souverain, là-bas, avec celui qui marchait vers nous. Au rythme de son pas, le souffle romanesque de sa quête a gonflé nos cœurs.

Lorsque Archie pousse la porte de notre classe, ses camarades assis en cercle se redressent. L'adolescent demeure debout, les bras ballants, perdu. Son visage nous raconte qu'il n'a pas souvent été attendu. Encore moins admiré comme il l'est à cette minute précise. Un roi qui pénètre notre intimité.

Lola se lève pour l'accueillir.

– Bienvenue Archie ! On est heureux que tu sois là. C'est la première fois qu'on voit un héros ici !

– T'exagères, rétorque Ben. On est tous des héros !

Les autres rient. Les élèves se présentent à tour de rôle. Pendant les premières minutes, Archie semble sur la réserve. Puis, il se détend. Il répond aux nombreuses questions. Il nous livre un peu de sa longue marche. On lui montre notre carte avec le tracé de son chemin et les projets de la classe autour de sa vie au grand air.

– On a voté. On aimerait que tu sois notre matière pour les trois prochains jours, déclare Lola.

– D'accord mais ça signifie quoi ? ajoute-t-il avec un sourire gêné.

– On veut prendre le temps de te connaître... Tu pourrais nous parler de tes recettes de cuisine ou de tes livres préférés pendant trois jours qu'on serait ravis. Enfin, si tu acceptes. Tu n'es pas obligé.

– Donc, c'est moi qui décide du contenu du cours ?

Les autres acquiescent.

– Si tu es d'accord, on peut commencer demain.

Archie et moi nous installons à une table dans un coin. Je lui explique le fonctionnement de notre école et lui transmets toutes les informations pratiques. Je remplis avec lui les formulaires administratifs. Il nous observe en silence. Moi, ceux qui s'activent plus loin.

Je parcours avec lui les règles de vie. Chacune d'elles a été suggérée par un élève ou un professeur. Elles se sont imposées au gré des situations, conflits, violences subtiles ou plus évidentes qui ponctuent le quotidien d'une classe. Les propositions ont été discutées, débattues puis votées. Chacun une voix. La mienne qui a la même valeur que toutes les autres.

Ce carcan de règles n'est pas statique, il évolue avec nous. Nous les votons puis nous vivons avec elles. Nous soumettons des amendements. Nous modulons les principes qui sous-tendent nos heures ensemble. La démocratie pure, vibrante.

Je lis le règlement à Archie.

- *Il est interdit de crier entre 9 heures et 10 heures. Il est fortement encouragé de crier entre 15 h 14 et 15 h 30, surtout les jours de pluie.*
- *Afin de ne pas ressusciter de traumatismes anciens ou risquer de mettre les cerveaux sous stress, l'usage du stylo rouge est proscrit pour le professeur.*
- *Il est bien entendu interdit de frapper ou d'insulter, quel que soit le motif ou la gravité du conflit en cours. Celui qui frappe ou insulte devra absolument être écouté par le groupe pendant une heure afin de résoudre la situation. En cas de récidive, l'écoute sera portée immédiatement à trois heures, réparties sur trois jours, si possible consécutifs (pour que les plus distraits ne perdent pas le fil).*

- *On évite d'interrompre les autres. Même si on en a terriblement envie.*
- *Chacun a un talent unique. Même plusieurs. Nous sommes tous des explorateurs de nous-mêmes et des autres, révélateurs des forces qui peuplent notre monde. Il est chaleureusement recommandé d'entamer la journée avec cette perspective à l'esprit.*
- *Celui qui se moque méchamment d'un autre devra danser la samba devant toute la classe, déguisé comme souhaité par le groupe.*
- *Quand on ne comprend pas quelqu'un et que cela pose problème, il est demandé d'enlever ses chaussures et de les échanger avec celles de l'élève incompris pendant trente minutes. Ceci n'est pas une règle métaphorique. Si les personnes concernées ont des pieds de taille trop différente, elles n'échangent pas leurs chaussures mais leurs prénoms (après avoir averti la classe pour éviter toute confusion).*
- *Lorsqu'une personne pleure ou est en colère, il est demandé de ne pas trouver tout de suite une solution. L'émotion est une œuvre d'art que l'on peut prendre le temps de contempler et d'accueillir.*
- *Toute chute doit être prise au sérieux. On ne tombe pas sans raison. (Règle incomprise par les votants mais approuvée par amour pour leur professeur qui semblait y tenir comme à la vie.)*
- *On a tous besoin d'amour. Il est formellement interdit de l'oublier.*

Archie me pose des questions, il sourit des formules les plus audacieuses. Il ne semble pas surpris par ce que je lui explique. Il s'adapte, il digère, il fait sien cet environnement nouveau, loin du chahut marin et des vastes plaines.

Une autre forme d'infini que notre école, la rencontre avec les autres, l'immensité de ce que l'on peut apprendre.

Je me lève pour retourner à mon bureau. Une sensation ancienne me saisit. Je m'appuie contre le dossier de la chaise. Je lance un regard vers les associations qui se sont créées autour des projets du jour. La chaleur se diffuse, annonçant une chute prochaine. Avec elle, la peur. Je me demande si je dois attendre ou m'allonger tout de suite à même le sol. Je songe à Henri, à notre quotidien, à la joie d'accompagner ma classe. Je parcours les quelques mètres jusqu'à ma place. Ils me paraissent longs. Mes joues picotent. Je m'assieds sur ma chaise et pose les mains sur mes genoux. Je ferme les yeux. Je tente de me calmer. L'impression de flottement s'efface puis revient. Par vagues, elle me domine.

Puis, surgit une idée. Elle reste avec moi. Avec ce bateau qui tangue. Elle devient refuge. Et soudain, je souris.

42

Travail de fin d'études – Rose Dallois

Le manque est à la fois le pire et la meilleure raison de prendre un chemin. Avoir manqué le seul accouchement important, vouloir maintenant accompagner tous les autres. M'emparer de ce destin qui m'avait été accordé à la naissance. Être une Rosa. Et le choisir enfin.

Pendant quelques semaines, je garde pour moi ce secret. Au réveil, lorsque j'ouvre les yeux, je songe à ce quotidien d'accoucheuse que je connais bien et je l'imagine m'appartenir. Je pèse les *pour* et les *contre*. Je n'élude aucun sujet difficile. Je l'évalue au regard de mes forces et de mes faiblesses. Je deviens une sorte de bilan de compétences ambulant. Je me promène avec mon idée pour voir si elle me sied.

Maintenant, je peux me mouvoir dans ma maison, faire ma toilette seule, accomplir une liste de tâches croissante. Je m'émerveille de ces petits riens que je maîtrise. Ne plus avoir besoin d'être assistée pour ranger la layette d'Ella, lui donner son bain ou son biberon. Quand elle dort, j'approfondis mon projet. Je cherche des informations sur les études d'accoucheuse. Je consulte les dates d'inscription, les horaires des cours et j'examine comment je pourrais concilier tout cela. Je fais de la place dans ma vie. Je pousse les limites, je délègue ce que je peux et organise mes futures journées. Je conçois mon avenir mais je n'en parle pas. Ni à Pio ni aux Rosas.

Le soir, je me couche avec cette ébauche de rêve. Je ferme les yeux et je le peaufine encore. Dans mon sommeil, il reste avec moi.

Une après-midi, je berce Ella, allongée face à notre jardin qui a repris des contours plus classiques : pelouse tondue, rosier et haies taillés. Ella ne détourne plus la tête quand je m'adresse à elle mais elle ne me regarde pas non plus. Elle demeure dans cet entre-deux. Ses yeux bleus attirés par une image, une forme, le soleil qui joue sur le mur. Elle m'écoute, indécise.

Alors que je lui chuchote des banalités, elle pose sa main sur la mienne et la tapote distraitement. J'y vois un début de quelque chose. Elle pousse un soupir, semble lassée. Je souris. Je cherche un truc inédit à lui confier. Un instant, je me tais. Ses paupières papillonnent. Je caresse ses jambes, longues comme les miennes. Elle les remue, les plie puis les tend en une impulsion.

J'ai troqué ses pyjamas contre des tenues. La plupart ont été portées par des sœurs, cousines ou nièces. Des pièces uniques cousues par les Rosas, brodées de quelques fleurs, d'un motif d'abeille ou de coccinelle. Ce jour-là, Ella est vêtue d'une barboteuse bleu pâle ornée de dizaines de minuscules marguerites. J'effleure du doigt les points, fils de couture vieillis par le temps.

Elles sont confectionnées par les femmes plus âgées de notre famille. Rose des Barboteuses, une de mes arrière-grands-tantes, a lancé cette tradition. Sa sœur avait mal vécu les premiers mois après la naissance de son enfant. Comme de nombreuses nouvelles mamans, elle avait questionné ses compétences. Face aux pleurs de son bébé, avec la fatigue, les doutes avaient grandi. La solitude aussi, celle qui enferme lorsque l'on s'astreint à être fort dans l'épreuve et qu'à défaut de demander secours, on s'isole encore plus. Accompagner les femmes de notre lignée pendant leur accouchement ne suffisait pas. La souffrance de sa sœur lui avait inspiré une idée. Il fallait créer les rappels d'un lien avec une autre sur qui compter.

Désormais, plusieurs fois par an, les anciennes s'asseyent en cercle dans le jardin de l'une d'elles. Le calendrier de ces réunions s'esquisse au gré des naissances, les ventres s'arrondissent et nos aînées se posent en tailleur sur l'herbe fraîchement coupée. Les anciennes convoquent les futures mamans ou les jeunes mères. Alors que les couturières prennent place sur le gazon pour ne plus quitter leur poste, les invitées se lèvent, papillonnent pour épier le travail en cours ou échanger quelques mots. L'on sert de la limonade et des gâteaux à la fleur d'oranger. Au fil des heures, les discussions légères se muent en confidences. Le jardin, riche de ses *Rose*, se transforme en un lieu où l'on peut tout se dire. Les angoisses, les déceptions, les questions plus saugrenues. On parle, on chante, on rit, on se serre dans les bras. Les liens se tissent, les promesses se nouent, la solitude s'efface. On vit comme l'on devrait toujours vivre. Libre et aimée.

Pour l'approvisionnement en matière première, les aînées se rendent une fois par an sur un marché. Autour des stands, elles gravitent, scrutent les mailles et palpent le coton. Au-dessus des échoppes, elles s'appellent l'une l'autre. Un peu partout sur la place de village abritée par une vieille église, on entend des *Rose*. Les marchands sont minoritaires face à notre clan. Nos ascendantes déploient les rouleaux, font voler l'étoffe. Les mains caressent la surface, évaluent la ténacité de la fibre. Il faut une toile douce, souple et saine. Devant le vendeur, elles prennent leur temps, discutent, négocient et se décident enfin pour plusieurs mètres de coton de qualité. Du blanc, du blanc cassé, du bleu pâle, du vieux rose et du vert d'eau. Elles ne croient pas au rose pour les filles et au bleu pour les garçons. Selon elles, chaque couleur véhicule une vibration.

Lors de ces après-midi, les anciennes cousent, penchées sur le tissu, équipées d'un dé à coudre et d'écheveaux de fils de différentes teintes, classées dans un ordre précis, toujours le même. Les modèles, eux, sont aléatoires. Les futures mamans peuvent commander les couleurs et patrons qui leur font envie. Il arrive aussi que les couturières se laissent guider par leur inspiration. Elles conçoivent alors des surprises. Elles les emballent pour les offrir au hasard parce que celui-ci choisit bien le destinataire. Parfois, elles créent un vêtement avec une intention particulière. Une petite robe aux nuances joyeuses pour le bébé d'une maman qui a eu une grossesse difficile, un nourrisson né trop tôt ou dont les débuts sont moins évidents.

Dans l'armoire d'Ella, j'ai rangé ces vêtements portés par les enfants de la famille. Au-delà de la création, ils sont uniques pour une autre raison. Sur l'intérieur d'un bord doublé, les Rosas brodent un mot, sortilège bénéfique glissé dans le berceau. Une façon d'accompagner les heures douloureuses, un mot pour insuffler l'énergie qui manque ou proposer un autre regard.

Je passe un doigt sur l'ourlet, en quête du sortilège du jour. Sur ma peau, le bord lisse et la couture régulière. Puis, le fil se noue en quelques lettres que je tente d'identifier à l'aveugle. Je retourne l'ourlet pour les lire. En rouge vif, un mot.

Vérité.

Je songe à toutes les vérités tues. Ne pas reconnaître que la relation avec mon enfant est compliquée. Garder pour moi qu'Ella ne me regarde pas. Amasser ces petits secrets. Vivre un peu dans mon monde, séparée des autres. Alors que je voudrais tellement que celui d'Ella et le mien fusionnent.

– Ella, j'ai un secret.

Je patiente. Elle clôt les yeux puis les ouvre à nouveau.

– Un bon secret, dis-je avec un petit rire.

Sa main bouge légèrement.

– Je veux accoucher les enfants. Je veux faire cela. Les sortir du ventre de leur mère et les leur tendre immédiatement. Ou les aider à saisir leur bébé elles-mêmes, à les tirer toutes seules, à les faire naître. Souvent, j'essaierai de ne pas les toucher. Je veillerai juste sur eux. Je serai une veilleuse de rencontre. Je m'assurerai de cela.

Le regard d'Ella reste dans le vague.

Pourtant, c'est comme si elle me regardait.

43

La poésie est désuète pour ceux qui sont gavés, mais quand le réel est insupportable, elle prend la valeur d'une arme de survie.

Boris Cyrulnik, *Un merveilleux malheur*

– Est-ce que je pourrais donner mon cours dehors ? demande Archie.

J'acquiesce et me dirige vers le fond de la salle. Dans une armoire, je prends quelques couvertures. Les élèves se lèvent, ramassent carnet et stylo. Certains m'aident en emportant aussi des coussins. Nous traversons les couloirs pour nous rendre dans la prairie jouxtant l'école. À l'extérieur, à une dizaine de mètres devant nous, deux marronniers et leur houppier offrent une ombre suffisante pour nous abriter.

Archie s'adosse contre un tronc et attend que chacun s'installe sur l'herbe. Nous disposons les plaids au sol, partageons les coussins. J'en glisse un sous mes fesses, et croise mes jambes en tailleur, une posture que je maîtrise désormais. L'agitation laisse place au calme. Archie ne commence pas immédiatement. Il consulte ses notes puis les pose à ses côtés.

– Je pense qu'à notre âge, c'est très compliqué de raconter qui on est.

Un murmure parcourt le groupe.

– Vous ne trouvez pas ?

– Si, répondent quelques-uns.

– Sans doute parce qu'on ne se connaît pas si bien. Ou qu'on n'accepte pas encore vraiment ce que l'on découvre... Je pense aussi qu'on a besoin de rêver.

Archie attrape un carnet dans son sac.

– Quand vous m'avez demandé de faire un cours sur Archie, moi, en tout cas, ça a été mon premier réflexe. Vous vendre du rêve. Pour qu'on m'aime bien sûr, ajoute-t-il avec un clin d'œil.

Des rires fusent, puis le silence revient.

– Et, je me suis dit, pourquoi pas au fond ? Vous vendre du rêve. Le mien, les vôtres.

Archie ouvre son carnet et, sous son pouce, fait dérouler les feuilles manuscrites jusqu'aux deux tiers, puis bloque la page d'une main.

– Ce carnet contient mes poèmes. Il résume un peu qui je suis. Il parle surtout de ce que je voudrais être. De ma destination. De mes rêves donc. C'est une façon de me raconter. Enfin, de raconter une version de moi.

Il marque une pause puis poursuit, plus hésitant :

– Hier, après la classe, j'ai réfléchi. Je voulais vous lire un poème qui vous expliquerait qui je suis. J'ai parcouru mes textes mais je n'ai pas trouvé. Tout me semblait à côté. Probablement parce que nous sommes en mouvement. Que l'Archie d'hier n'est pas celui d'aujourd'hui.

L'adolescent tend les mains vers nous.

– Et même si je vous vends du rêve, je voulais aussi vous dire ma vérité. Alors, j'ai décidé d'écrire un poème pour vous. Je me suis plongé dans mon enfance, dans ces cinquante jours de marche, dans les mille versions de moi-même.

Archie prend une feuille rangée dans son carnet et la déplie. Il la place devant lui puis nous regarde. Lentement, il déclame son poème de mémoire. Il semble déposer un mot sur chaque élève. Il s'attarde, il reçoit, il savoure.

Je suis le miroir de mon enfance
Une réponse à sa noirceur
La lumière qui déjà perçait l'obscurité

Je suis le désespoir profond
Le plus petit des hommes
Juste avant de me sentir grand

Je suis enfermé et libre
La somme de ces heures à marcher
Et pourtant déjà différent

Souvent j'ai été le rejet
À m'épuiser pour me faire aimer
Incapable d'être jamais inclus

Mais maintenant vous êtes là
Vous êtes mon « bienvenue » quelque part
L'histoire que je rêvais de me raconter

Je suis le miroir de mon enfance
Et bientôt je serai le miroir de nos rencontres
Nourri par nos liens, mes nouvelles racines

Le soleil dessine sur nos peaux des taches lumineuses. La nature offre le théâtre parfait à ce premier cours, au ton qu'Archie choisit de donner aux prochaines heures. Nous glissons dans son univers, vêtons ses couleurs, adoptons son langage.

Avec les derniers mots de son poème, une chaleur soudaine gagne ma poitrine. Mes vieux symptômes m'assaillent et annoncent une nouvelle chute. Je m'adosse à l'arbre et pose une main sur mon ventre. Prête pour le bouleversement.

44

Travail de fin d'études – Rose Dallois

Lorsque je confie mon secret à Ella, j'ai une impression étrange. Je crois voir son visage se tourner légèrement vers le mien puis se raviser. Pendant plusieurs jours, je partage avec elle le fruit de mes recherches. Je lui raconte mon rêve et lui montre les photographies de ma future école. J'énonce la liste des matières, le résumé des cours. Je lui relate la façon dont je compte m'organiser. Et elle m'écoute.

Chaque matin, je caresse l'ourlet de son vêtement et y lis l'écriture torsadée. Ces mots, sortilèges brodés, m'emmènent là où je ne serais pas allée. Ils me proposent de changer de cap, de tenter quelque chose de nouveau. Cette aventure singulière me captive. Après le mot *vérité*, il y a *notre histoire*, *audace joyeuse*, *évasion*, *abandon délicieux*, *choix*, *longue sieste*, *riche d'un enfant*, *indulgence* et l'énigmatique *fragilité heureuse.* Une définition de la maternité par bribes. Ella et moi nous ouvrons au vaste univers d'un lien qui se tisse. Nous dansons tout autour de cet échange de regards qui n'advient pas. Libres, corsaires des mers, cloîtrées dans notre maison mais vibrantes de nos possibles.

Un matin, alors que ses yeux dans les miens n'est plus qu'un lointain désir, ma fille me regarde. Nous demeurons de longues minutes à absorber tout ce que nos iris qui se rencontrent enfin nous accordent. Je découvre le dessin que forment les éclats d'or sur le fond bleu, je bois sa détermination, le tumulte léger de son âme, sa nature majestueuse. Je la contemple encore. Je pourrais rester là des heures à goûter à tout ce qu'elle me livre d'inédit. La façon dont cela me transforme. Comme si je regardais un autre pour la première fois.

L'après-midi, je m'inscris dans une école de sages-femmes.

Pendant mes années d'étude, j'assimile les éléments de l'anatomie féminine et comment celle-ci peut s'altérer, s'ouvrir, laisser le bébé progresser vers son destin puis naître. J'apprends les mots, les gestes, les paramètres normaux. Je mémorise les critères qui transforment un accouchement classique en une procédure d'urgence. J'avale des centaines de pages sur ce moment que je ne connais pas. Tard le soir, je révise. Avec Ella endormie, collée contre moi, avec Ella qui progresse à quatre pattes autour de mon bureau, avec Ella qui, surtout, me regarde.

Pourtant, debout dans l'entrée, avec toutes ces connaissances accumulées, je me sens petite. À la lueur du soleil déclinant, je découvre le lieu du premier accouchement auquel j'assiste en tant que stagiaire. Une salle dans la maison de naissance attenante à l'hôpital de la région, l'endroit où je rêve de pouvoir exercer après mon diplôme. Au centre de la pièce, il y a une grande baignoire remplie d'eau chaude. Sur une table basse, la flamme de quelques bougies vacille. La fenêtre est ouverte sur le jardin. Le jasmin qui grimpe sur la façade diffuse ses effluves jusqu'à moi. Je m'attarde un instant sur le seuil. J'attends que Maria, mon maître de stage, sollicite le consentement des parents pour que je puisse être présente à l'accouchement. Ils chuchotent, assis sur des coussins à même le sol. L'atmosphère est calme, feutrée. Des baffles jouent un morceau de piano. Sur les murs, des dessins au crayon. Un couple qui s'enlace, un village au creux d'une vallée, une vieille bâtisse couverte de lierre.

Maria me fait signe de les rejoindre. Je salue les parents d'un simple sourire. Je sais qu'il faut privilégier le silence. La mère doit rester dans sa bulle, déconnectée de notre monde, reliée au sien. Maria et moi nous asseyons à l'écart.

Le travail se déroule, fluide et intense. La femme se redresse sous l'effet d'une nouvelle contraction. Cette image en convoque d'autres. Mon corps qui s'écroule, celui de ma mère penchée sous sa dernière patiente. Autant de femmes qui voulaient rester debout. La parturiente souffle bruyamment et émet un râle qu'elle semble contenir et lâcher progressivement. Elle tourne la tête vers nous, une inquiétude dans les yeux.

Maria s'approche et lui murmure quelques phrases.

Elle acquiesce, ferme les yeux et se repose contre son mari. Il s'est placé derrière elle et la soutient. Il l'embrasse dans les cheveux. Elle se lève. Son compagnon l'imite. Il tente de deviner sa place. Elle a passé ses bras autour de son cou et entame une danse légère. Son corps se tend. Une vague amène son enfant plus loin. Elle se laisse traverser. Ses gestes sont précis. Ils se succèdent, apaisent les vagues, cherchent un rivage, les mains se posent où elles doivent se poser, la table, le sol, les bras d'un autre. Elle bouge, change de position, s'incline vers l'avant, se pend aux épaules de son époux, s'accroupit, exhale encore.

J'observe Maria. Sa posture en retrait, les yeux rivés sur le jardin, la façon dont elle parvient à n'être là que pour eux, présence discrète qui souffle sur nos heures. Je m'efforce de disparaître un peu moi aussi. J'essaie de ne pas bouger. Ma respiration me paraît bruyante.

Le couple se déplace maintenant. La femme pénètre dans l'eau. Elle pousse un long gémissement, les traits crispés par l'effort. Lui s'agenouille derrière elle et s'applique à lui masser les reins.

– Je ne vais pas y arriver, chuchote la future mère.

Maria les rejoint. Elle n'a pas l'air inquiète.

– Dans quelques minutes, vous tiendrez votre bébé dans vos bras.

La femme se courbe. Des larmes de sueur ruissellent sur son visage. Il se déforme sous un nouveau cri.

J'aimerais aider mais je reste assise, repliée sur moi-même. J'ai peur. Je voudrais fermer les yeux. Me lever et partir. La suite ne peut qu'aller mal. Je me déteste d'avoir de telles pensées. Les années d'étude se volatilisent. Je ne sais plus rien. J'ai honte. L'impuissance m'étouffe. Comment devenir accoucheuse si je suis incapable de soutenir les cris ? S'ils me terrassent et me transforment en statue ?

Je voudrais être plus. Je ploie face à tout ce qui m'échappe.

45

La créativité, c'est l'intelligence qui s'amuse.

Albert Einstein

Lorsque Archie achève son poème, il règne une paix nouvelle sur mon clan d'adolescents. Ils restent absorbés un long moment, à répéter certaines phrases, à évaluer leur vie au travers de ce prisme, à devenir eux, plus encore. Comme chaque fois que l'on accueille une confidence fragile et sincère.

Adossée à mon arbre, j'imagine Archie sur son chemin, la magie qui a propulsé son départ. Un sac sur le dos, un pied qui se pose après l'autre, les bottines de marche encore serrées, le roulement des vagues qui couvre le tumulte intérieur. Un instant, je suis avec lui sur cette falaise qui domine les flots. Ils sont d'un turquoise translucide, éclairés par un ciel dont l'amas de nuages fendu en deux dessine un carré de lumière pure, bleue, intense. En contrebas, une anse de sable doré mangée par la végétation. Nous sommes seuls sur ce bout de terre, témoins de son calme souverain. Je lui tiens la main. Je suis plus grande moi aussi. Chaque jour, plus grande de mes rencontres. Nos sacs ne nous pèsent plus. Nous sommes le vent, les profondeurs de l'océan, la forêt plus loin.

Je suis Archie. Depuis que j'ai lu ses premiers mots et son envie de notre école. Ou peut-être même encore avant, dans ces heures floues où j'ai découvert ma liberté. Mon corps vacillant, ma chute prochaine, l'univers qui s'obstine à me montrer la voie.

Nos peaux caressées par les embruns, nous n'attendons plus rien. Parce que tout est ici. Dans les minutes sacrées où nous nous accordons enfin de marcher sur notre route.

Je songe à l'enfant que je porte. À la mère que je souhaite être. À tout ce que j'ignore encore. À l'immense respect qu'il faut pour aimer vraiment. Au silence dans lequel je voudrais l'accueillir.

Archie prend la parole.

– J'aimerais que mon cours, ce soit cela. Nous raconter en poèmes. C'est la langue que je voudrais vous apprendre, si vous ne la connaissez pas déjà...

Mes élèves restent immobiles. Ils n'acquiescent pas, ils ne s'opposent pas non plus. Ils réagissent comme si Archie avait énoncé une évidence et qu'ils attentaient qu'il développe son idée.

– Est-ce que vous avez des questions ?

– Et si on n'a jamais écrit de poème ? demande Théo.

– ...

– Eh bien, on sera d'office nuls, non ?

Archie rit.

– Je ne crois pas qu'il y ait des poèmes nuls... Si tu dis ce qui est vrai pour toi, si tu pars du bon endroit, je pense que ton poème sera toujours réussi.

– Et tu en écris depuis longtemps ? Parce que les tiens partent d'un vachement bon endroit... ajoute Lola.

L'adolescent brandit son carnet :

– C'est mon dixième carnet de poèmes... C'est ma façon de raconter ce que je vis. À travers des mots qui rendent tout plus beau...

Archie se redresse.

– Alors, vous êtes prêts à faire absolument TOUT ce qui vous mènera à la poésie ?

Les élèves sont enthousiastes. En moi, il y a une pointe d'angoisse face à ce qui se cache derrière ce *tout*, formulé avec un sourire mystérieux.

– Levez-vous ! La toute première étape pour devenir poète, c'est d'être une forme souple et poreuse, explique Archie. Parce que la poésie, c'est la vie qui se prolonge en nous, puis en dehors avec nos mots. Pour cela, il faut être ouvert, accepter de se laisser traverser. Je vous montre !

Devant les mines ébahies, Archie commence à onduler, vague embrassée par notre prairie verte, bras et jambes en spaghettis mous, tête balayée par le vent, lèvres contractées en ce rond qui souffle un son apaisant, corps ondoyant sous l'afflux de paillettes, messages subtils que nous glisse notre monde.

Un à un, mes adolescents se mettent debout. Au début, ils s'observent les uns les autres. Ils sont timides, engourdis. Ils s'efforcent d'être à l'écoute mais ils paraissent rouillés. Puis, l'atmosphère se transforme. Un premier ose, les autres essaient. Ils tentent d'être sensibles au vivant. Ils l'accueillent à leur manière. Certains semblent ployer en total abandon, d'autres se tendent et leurs mains touchent le ciel, ils bougent, toujours unis par leur cercle, et sont maintenant les pétales enchantés d'une même fleur. Quelques-uns poussent un cri, long et caverneux. D'autres se rallient à ce râle joyeux, hymne d'un peuple, les apprentis poètes d'Archie. La meute poursuit sa mutation, hurlante et sauvage, éveil terrible d'un chant véritable.

Je n'ai pas bougé. Je suis toujours adossée à mon arbre, bousculée par ce spectacle. La liberté s'exprime maintenant en chacun de leurs atomes. Elle vibre au rythme des pas de la farandole qu'ils entament. Elle est saccadée, puissante. J'hésite à me joindre à eux. Je ne veux rien briser de ce qui s'élève. Ni ce cercle ni leur élan. Alors je reste là, émue par tout ce qui se dessine sans moi.

Soudain, Archie s'arrête et son immobilité rompt la course folle. En quelques secondes, mes adolescents essoufflés se figent, joues roses, sourire radieux.

– Vous êtes très bons, s'exclame-t-il. Il est temps de passer à l'étape suivante...

Ils s'asseyent en cercle.

– Ce que je vais vous demander est un peu spécial. Pour y parvenir, il faut accepter de tout lâcher. Vous en êtes capables ?

Les futurs poètes hochent la tête.

– Très bien. À partir de maintenant, je voudrais que vous arrêtiez de réfléchir, que vous ne pensiez surtout pas à ce que vous allez dire ou à comment réussir cet exercice. Parce qu'il est impossible d'échouer. Et que le but est aussi de plonger dans ce que l'autre va vous livrer. Vous êtes prêts ?

Tous acquiescent encore une fois.

– Chacun à son tour, vous allez vous lever, puis clamer le mot qui vous définit le mieux à cet instant précis. Vous pouvez le crier autant de fois que vous en avez besoin. Lorsque vous vous assiérez, la personne suivante prononcera son mot, peut-être influencée par le choix qui la précède.

Archie tape dans les mains et le groupe sursaute.

– Ne préparez rien. Votre mot est le point de départ de votre poème, c'est le cœur qui doit parler !

Les minutes qui suivent sont uniques. Elles contiennent la magie de toute révélation. Je découvre les adolescents que je croyais connaître. Je leur avais attribué des traits, une personnalité. En réponse, ils hurlent leur vérité, ce mot important pour eux.

L'élève le plus timide se lance en premier. Je le vois hésiter, puis fermer les yeux. Sa voix discrète se mue en quelque chose de profond, de cru, d'inattendu. Il énonce ce mot dur qui nous rassemble tous.

Seul.

Il le répète et, chaque fois, l'émotion grandit. Son appel à l'aide nous touche. À l'écouter répéter ce mot une dizaine de fois, nous ne sommes déjà plus les mêmes et, avec ce changement, celui de nos prochains poèmes.

Quand il s'assied, les yeux de celle qui lui succède brillent. Une jeune fille appliquée et timide qui s'efforce toujours de plaire aux autres. Quand elle nous confie le mot *amour*, je comprends que le cours d'Archie est encore plus subtil que je ne l'imaginais. Elle l'articule avec soin et délicatesse. Elle essaie de pousser sa voix mais *amour* est à peine audible. Elle tente encore, elle bombe le torse, elle se démène pour bien faire. *Amour. Amour. Amour.* Il est teinté de tristesse et de désir. Il nous conte les conflits intérieurs, une volonté, un renoncement, une danse terrible qui la domine. Il la résume parfaitement.

À ses côtés, le suivant s'agite. À peine l'adolescente est-elle de nouveau à terre qu'il est déjà debout. Il est électrique, à l'opposé de sa camarade. Il nous sort un *colère.* Évident, sans doute longtemps retenu. Plus il le beugle, plus il s'apaise. Sans transition, il alterne entre vocifération et calme soudain, comme si cette simple évocation le vidait de son impuissance. Lorsqu'il le déclame une dernière fois, le mot paraît presque doux. Mon élève aussi.

Seul
Amour
Colère
Chaise
Fort
Secret
Sexe
Petit
Inquiet
Libre
Aventure
Vouloir
Personne
Prison
Envie
Immense
Peur
Poète

La ronde des mots se poursuit et j'aimerais qu'elle ne s'achève jamais. Mes enfants se parlent, se répondent, s'écoutent avec une détermination nouvelle. Avec ce début de poésie, ils racontent notre monde, la façon dont nous influençons la course de ceux qui nous côtoient, par une présence, un geste, une parole, tous indissociables, tenus par notre humanité.

Avec son cours, Archie révèle plus que les individus qui le suivent, sa poésie illustre le lien qui se tisse entre eux, involontaire, invisible, indestructible. Il nous connecte à notre responsabilité. Qui est aussi notre plus grand pouvoir. La magie que nous pouvons souffler sur les autres.

46

Travail de fin d'études – Rose Dallois

De ce premier accouchement en tant que stagiaire, j'apprends beaucoup. On peut se sentir médiocre même après avoir engrangé les connaissances et répété les multiples scénarios. Je reste de longues minutes, prostrée dans ce silence noir. Incapable de sortir de ma prison. En moi, la lutte brouille tout. Assise dans mon fauteuil, tentant de m'extraire des bruits, lumières et autres remous de la maison. Les yeux clos, courbée sur moi-même, sourde au combat d'une autre.

Puis, quelque chose se produit. J'entends le cri d'un enfant qui naît. Il fend le silence et se maintient longtemps. J'ouvre les yeux. La pièce est baignée de la lueur rose d'un soleil qui se retire. Dans le bain, la femme brandit son bébé et derrière eux, sur le mur, l'ombre projetée de leur rencontre se dresse, majestueuse. Pendant quelques secondes, la mère tient son enfant devant elle, l'admirant, le regardant bien en face.

Cette nuit, dans mes rêves, la fillette de six ans est revenue. Elle était pieds nus dans l'herbe et, nez au vent, elle dansait. Tout entière absorbée par la joie d'exister. Elle a levé la tête vers le ciel et souri. Parce qu'il était bleu, vaste, beau. Parce qu'enfin, elle était tranquille.

Je m'installe sur la terrasse qui longe ma maison pour relire les pages de mon travail et les quelques corrections apportées par Rose Soleil. Je redresse le dossier de la chaise longue. Je prends mes lunettes de soleil sur la table d'appoint. Face à moi, un rosier grimpe le long du mur et semble le prendre d'assaut. À chaque naissance dans notre famille, nous en plantons un. Une variété croisée que mon arrière-arrière-grand-mère, Rose l'Ancienne, chérissait. Nous avons collecté et planté ses graines sur plusieurs générations. Ces arbustes dont la fleur rose clair s'ouvre généreusement en juin ont paré nos demeures, celles de passage et celles où nous nous sommes attardées. Ce n'est pas seulement un signe de ralliement ou une énième tradition des Rosas. C'est un lieu où, d'une certaine façon, nous sommes proches. Raccordées par d'autres racines. Nous nous posons près de nos roses pour livrer une difficulté, un chagrin, une question et nous les écoutons nous répondre. La sororité dans la solitude, le pouvoir des fleurs, un autre tour de notre bande de sorcières.

Il y a quelques minutes, je me suis installée là avec une question. Ma fille m'a rejointe. Elle s'est allongée près de moi. J'observe ses jambes qu'elle replie contre elle, ses mains qui s'affinent, ses cheveux plus longs d'enfant de cinq ans.

J'effleure son visage, pose la main sur sa tête. Elle bouge et se replace dans la même position, puis s'assoupit. Cela fait bientôt trois ans qu'Ella n'a pas eu de crise. Plus jamais elle ne verrouille son corps au milieu d'une tristesse ou d'une colère pour s'endormir dans l'instant. Les médecins ont longtemps cherché l'origine de ces attaques subites mais sa santé est parfaite.

Aujourd'hui, elle n'imite plus la mère que j'ai été, retenue dans son sommeil lorsque ses cris m'appelaient.

Mon histoire est ma motivation, ma motivation est mon histoire, ces douze mille journées d'existence qui ont forgé un désir. Leurs plus grandes joies et leurs plus grandes souffrances. Tout ce qui me compose aujourd'hui, les fragments d'horreur comme ceux de tendresse. Je suis aussi le produit de mes héritages, des choix de mes ascendants, l'écho de leurs infortunes. Mon histoire débute avant ma propre naissance, là réside la source de nos mystères, la main de ces femmes qui me porte vers ma mission. Ma vocation s'ancre dans ces générations qui se succèdent avec la même envie, un souffle qui est maintenant aussi le mien.

J'ai raconté mon cheminement. Je m'apprête à apporter un point final à ce travail. Tout bas, je répète ma question.

Ai-je tout dit ?

Je cherche les raisons que j'aurais éludées et qui seraient importantes pour mon récit. Je contemple ma fille. Le rosier demeure silencieux. Il frémit sous la brise.

Lentement, le brouillard se dissipe. Je veux veiller sur la rencontre entre une mère et son enfant. Je veux que notre monde évolue dans l'égalité. Je crois que chaque fois que l'on accompagne une femme en lui laissant autant que possible son propre pouvoir, en la considérant comme quelqu'un qui sait, nous construisons ce monde-là.

Notre société se bâtit aussi entre les cuisses d'une mère, dans cette ouverture à la fois forte et fragile, dans cet acte d'accoucher qui, quelle que soit la manière dont il est vécu, fait de chacune une héroïne.

Et c'est à cela que je veux consacrer le reste de ma vie.

47

Nous avons une raison de vivre : apprendre, découvrir, être libres !

Richard Bach
Jonathan Livingstone le goéland

Au fil des heures, les poèmes de chacun se déclinent à force de mouvement, de ces corps qui racontent, de ces mots poussés dehors et enfin partagés. Les cris du cœur se muent en phrases, portées par une nouvelle musique, le chant intime qui nous a été promis.

Tour à tour, les élèves lisent leurs textes à voix haute. Nous partons en exploration de ces territoires inconnus. Nous nous découvrons multiples, fugaces, en constante mutation, transformés par ce qui nous entoure, capables de rêves, prophètes sur notre route. Gagnés par la liberté d'Archie, nous nous relions à la nôtre.

Nous nous levons enfin. Différents. Étourdis par tant de beauté.

De l'enseignement d'Archie, il restera aussi ce poème encadré et accroché à la porte de notre classe, en guise d'annonce à tous ceux qui franchissent le seuil. Un texte qui révèle les couleurs du temps passé ici. Notre empreinte dans la vie des futurs élèves.

Derrière cette porte il y a
Ce que nous avons assidûment désiré
Mantra qui fait tenir sur son chemin
Cette idée d'une autre vie
Vaste du monde que l'on porte

Derrière cette porte il y a
Ces prisons qu'on abandonne enfin
Ces autres qui nous pensent sans valeur
Ces heures immobiles, apeurées
À entamer des phrases qui se perdent en silences

Derrière cette porte il y a
Tous ceux qui un jour se sont relevés
De ces plongeons ou chutes sublimes
Peu importe la route frôlée
Pour ce voyage, nous sommes prêts

Ici, nous avons appris
Quel la beauté de notre Terre révèle
Tous ceux qui s'y attardent
Autant d'âmes libérées
Mues par notre vérité

Dans mon ancienne école, je croyais que tel apprentissage correspondait à tel âge et observais mes élèves depuis ce point fixe. Je ne connaissais rien d'autre. Aujourd'hui, je crois que chaque âge contient des opportunités, présentes ou passées, parfois étouffées ou encore muettes. Sorte de pochette-surprise qui offre des cadeaux à l'infini pour celui qui veut s'émerveiller. Dans ma classe, les bureaux ne sont plus alignés face au tableau. Je ne me tiens plus debout face à mes enfants assis. Ils se meuvent par grappes, association du jour par affection ou par projet, ils migrent au gré de la lumière, de leurs envies, des nécessités de l'ambition en cours. Ce ne sont même plus mes élèves.

Les adultes savent mieux que les enfants. Les hommes savent mieux que les femmes. Notre société construite à l'envers, prête à s'asphyxier.

Car sans égalité, rien n'est vraiment vivant.

Chaque jour, venir ici dans ma classe. Chaque jour, comme les Rosas, ériger un autre monde.

Ne plus chuter, matérialiser nos envies profondes, restaurer l'égalité là où c'est possible, peintres d'un vaste tableau, notre humanité, par petites touches discrètes, accorder notre existence au timbre le plus juste pour soi.

Le sens qu'on lui a donné.

REMERCIEMENTS

J'ai écrit ce roman car je rêve d'une école qui offre à nos enseignants la possibilité d'accomplir leur mission. Des classes de taille humaine, un programme scolaire souple et vivant, destiné à des enfants uniques et tous différents, un programme qui bâtisse nos adultes de demain, confiants en eux, passionnés, heureux et tranquilles dans leurs choix.

L'école est le fondement de notre société. Rien n'est plus puissant qu'une génération de gens heureux.

L'histoire de ce roman

Lorsque je m'apprête à entamer l'écriture de ce roman qui poursuit le sujet de l'école démocratique entamé dans *Archie* et en dessine la trame, mon pays, la Belgique, déclare la fermeture de nos écoles pour un confinement strict de plusieurs mois.

Le 13 mars 2020, j'explique à ma fille de huit ans que sa maîtresse m'a envoyé un dossier facultatif d'exercices et que, chaque semaine jusqu'à la réouverture des classes, elle en recevra un nouveau. Je lui demande comment elle souhaite procéder.

Elle me répond par une autre question : « Facultatif, ça veut dire quoi, maman ? »

Je souris.

« Facultatif signifie qu'on a le choix de le faire ou non. »

Elle réfléchit quelques secondes avant de prononcer ces mots qui seront ma toute première expérience de l'école démocratique et notre chemin pour les six mois suivants : « Alors je ne vais pas les faire. Ni cette semaine ni les autres. »

En 2022, avec le programme belge « auteur en classe » de la Fédération Wallonie-Bruxelles, j'ai eu l'opportunité de rencontrer des centaines d'élèves, âgés de quatre à dix-huit ans. J'ai été profondément touchée par le défi que constitue le métier d'enseignant. L'énergie, la détermination, la créativité et l'amour que cette profession exige.

Aux professeurs qui m'ont le plus émerveillée par leurs qualités de présence, j'ai posé cette question : « Comment faites-vous ? »

J'ai eu la même réponse chaque fois : « Les enfants me donnent tellement. »

Les experts qui ont enrichi ce roman grâce à leur savoir

Merci au docteur **Marie-Céline Duray**, neurologue à la clinique Saint-Pierre d'Ottignies, pour notre entretien qui m'a captivée. Marie-Céline a mis ses connaissances au service du manuscrit puisqu'elle a aussi eu la générosité de le relire et a été un soutien très précieux.

J'ai eu le privilège de pouvoir interviewer **Michèle Warnimont**, fondatrice du Cocon (la maison de naissance au sein de l'hôpital Erasme), qui a partagé avec moi sa sagesse en matière d'accompagnement des femmes dans leur accouchement et m'a également soutenue en me mettant en contact avec sa belle équipe.

Merci à **Virginie Ruelle**, sage-femme au Cocon et acupunctrice, pour son témoignage riche sur sa pratique.

Ma gratitude à **Anne-Laure Durand**, sage-femme au Cocon, pour son partage touchant et son cours de vocabulaire sur l'accouchement.

Ma reconnaissance à **Charlotte Allard**, sage-femme, pour son témoignage sensible.

Je remercie aussi **Aurélie Tulpin**, sage-femme, pour son aide dans mes recherches.

Toute ma gratitude à **Virginie Robbe**, sage-femme au Cocon, qui a eu la gentillesse de relire les chapitres sur l'accouchement et m'a fait bénéficier de sa grande expérience en la matière.

Merci à **Pauline Eon**, sage-femme en chef adjointe de la salle d'accouchement et grossesses à risque à Erasme, qui a partagé sa science avec moi lors d'un entretien très intéressant.

Merci à **Ophélie Ingarao**, pour son témoignage de maman ayant accouché physiologiquement.

Merci au docteur **Sara Derisbourg**, gynécologue obstétricienne à Erasme, qui a pris le temps de répondre à mes questions.

Merci au docteur **Julie Belhomme**, cheffe brillante et drôle du département obstétrique de Saint-Pierre, pour notre entretien et pour avoir, comme pour le précédent roman *Archie*, pris le temps de relire les chapitres sur l'accouchement.

Merci à **Zoé Neill Readhead**, fille du fondateur **Alexander Sutherland Neill** et aujourd'hui directrice de l'école démocratique Summerhill fondée en 1921. Elle m'a expliqué comment la confiance en soi se construit tous les jours et que l'égalité entre les êtres en est un des plus puissants moteurs.

Merci à **Cécile Prokop**, pédiatre et fondatrice de l'école démocratique Sudbury de Lille (France), pour m'avoir livré son émerveillement pour nos enfants et l'école.

Toute ma gratitude à **Peter Gray**, chercheur et professeur de recherche en psychologie au Boston College (États-Unis), pour le partage de ce qui représente la quête de toute une vie. Il est l'auteur de *Libre pour apprendre*, édité dans la collection « Domaine du possible, changer l'éducation » aux éditions Actes Sud-Playbac.

J'ai eu la chance de bénéficier des enseignements de **Dorothée Baillet**, docteur en sciences psychologiques et de l'éducation.

Je remercie **Elsa Roland**, docteur et chercheuse en sciences de l'éducation, auteure de la thèse *Généalogie des dispositifs éducatifs en Belgique du XIVe au XXe siècle. Disciplinarisation et biopolitique de l'enfance : des grands schémas de la pédagogie à la science de l'éducation.* Notre discussion autour des rapports de domination qui sous-tendent notre société, et donc aussi nos écoles, a été très éclairante.

Merci à **Auriane de Pierpont**, logopède/orthophoniste dévouée, d'avoir partagé avec moi un peu de son quotidien auprès des enfants.

Quelle joie de passer une matinée à écouter **Alexandra Gersdorff**, passionnée depuis toujours par l'enseignement.

Merci à **Bernard Rey**, professeur honoraire de sciences de l'éducation à l'Université libre de Bruxelles, de m'avoir communiqué avec simplicité et enthousiasme quelques-unes de ses sagesses, fruits d'une vie de recherches et de questionnements.

Enfin, merci à **Quitterie Marraud des Grottes**, professeur d'histoire au lycée Berlaymont, pour sa relecture du manuscrit. La joie des élèves qui la croisent dans les couloirs de l'établissement raconte tout de la relation magnifique qu'elle construit avec eux et de son engagement quotidien.

Mes alliés dans l'écriture

J'ai la joie d'être accompagnée par deux éditrices passionnées. Merci à **Claire do Sêrro** pour son enthousiasme et son intelligence. Ma gratitude à **Delphine Roché** pour la délicatesse et la profondeur avec lesquelles elle m'accompagne sur le texte et toutes les questions qui jalonnent le chemin d'écrivain, c'est un privilège d'apprendre avec un guide précieux.

Je remercie toute **l'équipe de Robert Laffont** pour son soutien.

Je remercie **Fernand, Christine et Alexia de Visscher** d'être là pour moi.

C'est avec une émotion particulière que j'ai partagé ce roman avec ma sœur **Clémence Mathieu**, qui relit chacun de mes manuscrits depuis mes débuts. Une joie d'échanger sur ce texte avec une femme brillante, sensible et que j'aime tant.

Comme pour tous mes romans, j'ai le bonheur d'avoir un allié à mes côtés. Merci à mon mari **Benjy** pour ses relectures, son humour et son amour inconditionnel. Quel cadeau dans une vie !

BANDE-SON DE CE ROMAN

Call Me Simon – Kris Bowers

Suite in the Old Style : I. Pastorale – Alfred Schnittke, Daniel Hope & Alexey Botvinov

Until You Came into My Life – Ann Peebles

Recomposed by Max Richter : Vivaldi, The Four Seasons : Spring 1 – Max Richter

Recomposed by Max Richter : Vivaldi, The Four Seasons : Spring 3 – Max Richter

Recomposed by Max Richter : Vivaldi, The Four Seasons : Summer 3 – Max Richter

Cosmic Dancer – Nick Cave

Patience – The Lumineers

Long Way Down – Tom Odell

If I Ain't Got You (piano & vocal version) – Alicia Keys

Mystery of Love (from Call Me By Your Name) – Sufjan Stevens

How Can You Mend a Broken Heart – Al Green

Your Reflection – Max Richter

In Spite of All – Max Richter

Where I Live – Woodkid

Friend of Ours – Elbow

Le Coup d'soleil – Vincent Delerm & Valérie Lemercier
Ricochet – Haux
No One – Alicia Keys
Talkin' Bout a Revolution (live) – Tracy Chapman
The Last Day – Luke Sital-Singh
Helplessly Lost – Passenger
Rosie – Passenger
Restless Wind – Passenger
Ceux qui rêvent – Pomme (merci Laëtitia Beauvillain pour cette découverte !)
Where the Lights Hang Low – Passenger
Bottled Up Tight – Luke Sital-Singh
She Always Takes It Black – Gregory Alan Isakov
Amsterdam – Gregory Alan Isakov
Saint Valentine – Gregory Alan Isakov
Au mont Sans-Souci (live) – Jean-Louis Murat
Gale Song – The Lumineers
Walls – The Lumineers
Skin of a Fool – Luke Sital-Singh
My Sweet Side – Luke Sital-Singh
The Wild – Mumford & Sons
October Skies – Mumford & Sons
Forever – Mumford & Sons
Weird Fishes / Arpeggi – Radiohead
I'll Be Fine – Palace
Here Comes the Sun – SYML
Girl – SYML
Donna – The Lumineers
Leader of the Landslide – The Lumineers
Love Goes (live at Abbey Road studios) – Sam Smith & Labrinth

My Cell – The Lumineers
Old Lady – The Lumineers
Soundtrack Song (bonus track) – The Lumineers
Porque Te Vas – Suarez
Josh the Brave – Bryony Marks
Chandelier (piano version) – Sia
September Song – Agnes Obel
Le Matin – Yann Tiersen
All Apologies – Sinéad O'Connor
A Case of You – Joni Mitchell
Leaving Las Vegas (live) – Sheryl Crow
Four Seasons in One Day (live) – Crowded House
The First Time Ever I Saw Your Face – Roberta Flack
The Blower's Daughter – Damien Rice
Delicate – Damien Rice
Cold Water – Damien Rice
Love You So Bad – Ezra Furman
Dispute – Yann Tiersen
Pictures of You – Lauren Ruth Ward
Sonate pour arpeggione violoncelle et piano en la *mineur D. 821 : I. Allegro moderato* – Franz Schubert, interprétée par Alexandre Tharaud & Jean-Guihen Queyras
Morning Roots – Guillaume Poncelet
Goodbye Yellow Brick Road – Elton John
A Grand Finish – Kris Bowers
Flame on My Head – Blaudzun
Say a Little Prayer (live) – Lianne La Havas
La Campalesson – David Helfgott
Time After Time – Eva Cassidy
My Girl – Otis Redding

Ce livre existe grâce au travail de toute une équipe.

Communication : Caroline Babulle, Sandrine Perrier-Replein, Typhaine Maison, Inès Paulin, Adélaïde Yvert.

Coordination administrative : Martine Rivierre.

Studio : Pascaline Bressan, Barbara Cassouto-Lhenry, Joël Renaudat.

Fabrication : Muriel Le Ménez, Céline Ducournau, Bernadette Cristini, Sophia Paroussoglou, Isabelle Goulhot.

Commercial, relation libraires et marketing : Laetitia Beauvillain, Perrine Thérond, Ombeline Ermeneux, Élise Iwasinta, Morgane Rissel, Arthur Rossi, Aurélie Scart.

Cessions de droits : Isabelle Votier, Benita Edzard, Lucile Besse, Sonia Guerreiro, Costanza Corri.

Gestion : Sophie Veisseyre, Chloé Hocquet, Isabelle Déxès, Camille Douin.

Services auteurs : Viviane Ouadenni, Jean-François Rechtman, Catherine Reimbold.

Ressources humaines : Mylène Bourreau.

Juridique : Laëtitia Doré, Anaïs Rebouh, Valérie Robe, Lucie Bergeras, Julia Crosnier.

Avec le soutien des équipes d'Interforum et d'Editis qui participent à la création, la diffusion et la distribution de ce livre.

Canoros Vehit Canentes

Composition réalisée
par Rosa Beaumont

#lisez! engagé
www.lisez.com

Pour plus d'information :

Imprimé sur du papier issu de forêts gérées durablement.

CET OUVRAGE
A ÉTÉ ACHEVÉ D'IMPRIMER
SUR ROTO PAGE
PAR L'IMPRIMERIE FLOCH
A MAYENNE EN FEVRIER 2023

N° d'édition : 64704/01- N° d'impression : 101963
Imprimé en France